# 当幸福来敲门，进退是人生

钟东霖 著

中国商业出版社

**图书在版编目（CIP）数据**

当幸福来敲门，进退是人生 / 钟东霖著 . -- 北京 : 中国商业出版社 , 2022.9
ISBN 978-7-5208-2122-3

Ⅰ. ①当… Ⅱ. ①钟… Ⅲ. ①散文集—中国—当代 Ⅳ . ① I267

中国版本图书馆 CIP 数据核字 (2022) 第 119787 号

责任编辑：郑　静
（策划编辑：刘万庆）

中国商业出版社出版发行
（www.zgsycb.com　100053　北京广安门内报国寺 1 号）
总编室：010-63180647　编辑室：010-83118925
发行部：010-83120835/8286
新华书店经销
三河市龙大印装有限公司印刷
*
710 毫米 ×1000 毫米　16 开　14 印张　165 千字
2022 年 9 月第 1 版　2022 年 9 月第 1 次印刷
定价：48.00 元
* * * *
（如有印装质量问题可更换）

# 推荐序

我与钟先生结缘于10多年前的深圳，当时他才40岁出头，担任深圳知名企业大中华国际集团的执行长。他的办公室墙上挂着一幅内容为“创造一亿美金的人生目标”的书法作品，那时虽引起我的注意，却不太引以为意，只当作是年轻人自勉的励志座右铭。后来得知他曾在欧洲待了10多年，担任过宏碁国际营销部经理、宏碁创投基金北京公司首席代表，也曾任TCL集团多媒体国际战略副总裁，参与推动中国3C产业第一个海外并购项目——法国汤姆逊TV企业，我才了解到他具有相当丰富的国际产销经验和宽广的国际视野。

后来钟先生又先后前往成都、北京发展，最后定居北京，在北京安家落户，并成为中国创投行业的先行者之一。其在近20年的实践中建立了一套独特的投资理念，成功帮助很多公司在华尔街上市，成为国际企业。钟先生在业界建立了很好的声誉，也发挥了品牌效益。他在专业上的成就令人印象深刻，我也为他已逐步实现深圳办公室的人生目标而感到高兴。

我尤其感到惊讶的是，钟先生竟然还是写作的高手。他在职场专业工作之余，还勤于笔耕，将旅外多年的感想、心得、成败经验，通过文字毫无保留地抒发出来。他的作品散见于报纸、杂志，他特集结成书，很谦虚地让我批评指教。能够拜读他的大作，我是既意外又惊喜。

我曾经改过李敖的文章，为此还被李敖在他的回忆录中提上一笔，三四十年来我自认还比较擅长文字的表达与运用。在深入了解钟先生的写作心境之后，我却顿生自叹不如之感，也深受启发。

他的创作范围甚广，从专业的企业经营管理之道，到畅谈人生哲理、亲情、友情、爱情，无所不谈，也无不深刻到位，应该说他是个极为敏锐的多方面人生的体验者。

他在《今夜，酒店是我的归宿》一文中，提到世界各地知名酒店，例如纽约的切尔西酒店、迪拜的帆船酒店、以色列的埃特拉海底餐厅、加拿大Banff的温泉酒店、法国巴黎的Lutetia酒店、水城诺曼底酒店、西西里岛桃尔米纳的Grand Hotel Timeo等，若非确有实地造访经验，是无法领悟到各类型酒店的风采与特色的。

钟先生在写晨跑时，除了提到北京的朝阳公园外，还提起荷兰鹿特丹的马斯河畔、里昂的罗讷河畔、上海的静安公园、深圳湾公园、成都的锦城公园和团结湖公园等。

他的生活阅历十分丰富，感情尤其充沛，其实这主要源于他内在的澎湃热情。因为他长年在外奔波，游子心情已远超乎冷酷、冷静的经贸人士性格特征，有点与多愁善感的文人墨客接近的倾向，李白如此描述此类心境“天长路远魂飞苦，梦魂不到关山难，长相思，摧心肝”，或者与欧阳修所指称的“人生自是有情痴，此恨不关风与月”有点类似。

他的感情抒发不只限于男女之间的爱情，还有家人之间的亲情。他在《父亲的假牙》一文中，忆起年迈父亲不平凡与苦难的一生，竟是从三代之间装置假牙的故事入手，文笔真挚而感人，最后的结语是“有一天父亲的假牙会永远脱落，时代的使命感却会不断传承下去”。这不只是思亲，也显露钟先生的襟怀抱负，其意境与格局实已近乎朱自清《背影》一文了。

这也应是钟先生散文的不同凡响之处——在感性的主观思绪中，流露其理性的客观思维；在现实的生存环境下，总能展现其理想的奋进精神。

我还十分欣赏钟先生真挚、诚恳的个性流露。他在写他的发小矮子哥时，表现出血性、侠义的一面。他们的故事，时间横跨30年之久。矮子哥曾锒铛入狱，后去到美国发展，再后来在钟先生的帮助下在东莞创业。

钟先生和矮子哥两人走了不同的人生道路，也有不同的价值观，唯一相同的是两人不变的情谊、患难与共的交往过程。这样的相知相惜，已颇有当年管鲍之交的影子，作者娓娓道来，读者细细咀嚼，令人感慨不已。

他还是个有相当品位的生活家，每到各地总是遍尝美食，体验文化特色与日常生活百态。在《今夜，红酒是我的知己》一文中，作者追忆陪他度过无数个孤寂夜晚的各国、各类葡萄酒，详述气候对酒品质的影响及相关参数对价格的影响等，几乎已成为品酒的专家了。这样的生活品位，实已颠覆了传统所谓“富过三代，才知穿衣饮食”的说法，而他的品位塑造不只是由于作者的生活经历或工作环境，更多是缘于他个人的生性浪漫和率真。

钟先生有如此杰出又独特的人文素养，几乎是现代儒商所应具备的所有素质，以我旁观多年所得印象，似可推断多少也系先天源于上一代优秀的遗传基因品质。他的父亲钟廖权老先生在理想受挫之后，便从事文化出版事业，启迪人心、教化社会，迄今年近九旬，犹孜孜不倦，从不轻言退休。平时则关心时事，每能洞若观火，常有真知灼见。我与钟老先生忘年之交也近30年，现在看到他有如此出息的下一代，也倍感欣幸而与有荣焉。

耿荣水　资深评论家

# 自序

这些年来，借工作之便我云游四海，先是前往欧洲、美洲、亚洲、非洲出差，后被派驻欧洲，再回国发展。不知不觉中竟也走遍了五大洲四大洋，在遍览各国之美的同时也积累了不少人生经验。

近10年来走访了全国各省市，参与各地的商旅活动，广结善缘，结交了不少地方豪杰，也对这片神州大地有了比较深刻的认识。

行万里路，读万卷书。本书记录了过去20多年的所见所闻，也道出我心中如水般复杂多变的心路历程。

咖啡与旅行一直是我工作和生活的调味品，直到新冠肺炎疫情防控期间才终结了马不停蹄的生活状态。没有了旅行，对咖啡的依赖就更深了，它不再是提神的工具，而是一种催化剂，让我的心扉能在宁静的午后进行光合作用。

我一直有写博客的习惯，在不同时期记录当时的心情，有些文章也曾发表于杂志期刊中，所以这次的出版工作才能如此顺利。其中有些故事虽已时过境迁，经重新整理后也仍不失意韵，值得再三回味。

旅美作家陈之藩的《失根的兰花》，第一次读它只为了应付考试，10多年后当我远赴重洋再度翻阅此文时却被它深深地感动了。除了对他个人在英美所获得的科学家、哲学家杰出荣誉由衷敬佩之外，也从他细腻的文笔中对家乡的思念之情产生了极大的共鸣。

心之所系，情之所归。在生命的最后19年里，陈之藩如愿以偿地为祖国做出重要贡献，很多人也许不记得他在大学所取得的学术成就，但他所留下的《旅美小简》《在春风里》《剑河倒影》《谢天》《失根的兰花》等脍炙人口的文章却不曾被人们遗忘。

陈校长是我的偶像，也是鞭策我在业余时间不断写作的动力源泉。我们都不是科班出身的作家，从事的更多的是和科研、产业、金融相关的工作，基于一份对生命的热忱我们奋笔疾书，记录年轻岁月，缓解对家人的挂念和乡愁，也许我们的国际化背景能从另类的角度给国人一点启发和思考。

散文是一种比较自由的文学表达方式，可以天南地北、不拘一格地发表论述、抒发情感，也能把冗长的故事浓缩在很短的篇幅里，满足现代人利用碎片时间洗涤心灵的需求。希望这本书的出版只是一个开始，未来我还会不断地写作，不断地将脑海里沉淀的许多故事写出来，和有缘的读者们一一分享。

钟东霖

2022 年 5 月

# 目录 /CONTENTS

## 第一篇 故事篇

第二篇 抒怀篇



第三篇 异国印象篇

## 第四篇 论述篇

# 第一篇

# 故事篇

# 1. 巴黎十三区

法国巴黎大约有60万华人，形成了三个主要的华人社区：三区、十三区和十九区。巴黎共有二十个区，十三区处于巴黎左岸、意大利广场附近，是规模最大的华人区，以越南、柬埔寨、老挝三国移民过来的祖籍在广东的华人和他们的后裔为主。

南明高中的同学也有十多位先后来到巴黎，他们经常抱团取暖，有好的工作就互相通报一起去干，有好的生意也会凑钱一起做。

当时华人在巴黎以开服装厂、皮革厂和中餐馆的居多，南明没有资金，夫妇俩只能靠发豆芽卖给中餐馆维生。他们一家三口挤在一间小房子里，没钱买家具，一家人只能打地铺，有一天在街上捡到一张破床垫，他三岁的女儿才得以一觉睡到天亮，不再哭闹。

有一次女儿发烧了，他们因想省钱而没打车，南明背着孩子跑了三公里路到医院，仓皇中脚踝扭伤了，在家休息了一个月，不能工作。

不久，他同学子民开了一间水果店，卖起热带水果，邀南明过去帮忙。从小南明学业就名列前茅，且工于心计、善于谋划，在他的指导下子民的生意非常火爆。

也许“男人有钱就变坏”并非到现在才开始流行，有钱的子民和小三私奔了，他老婆不得不将铺子转让给南明，因此南明有了自己的“根据地”。

几年的水果生意做下来，南明积累了不少财富。刚好1990年电脑产品开始在法国市场寻求代理商，南明抓住机遇，和他的连襟合作，开始批发电脑产品，获得了不错的收益。

我是1991年来到巴黎的，当时我负责电脑零部件在南欧的销售，南明是我的客户，后来他和连襟有了嫌隙，想自立门户。

刚好我在美国加州看到Fry's家电连锁店的新模式，觉得可以在巴黎开设一个以电脑相关产品为主的超市。南明和我一拍即合，1993年夏我们合股在巴黎十三区开设了全法国第一家电脑超市，门市面积超过1500平方米。

前三个月业绩不佳，面对高昂的租金及成堆的库存我们坐立不安。后来南明建议加大广告投放力度，同时把我们的价格优势赤裸裸地在广告上标注出来，而高昂的广告费用则来源于银行贷款。

功夫不负苦心人，第四个月我们就销售了660万法郎（100万欧元）的商品，第五个月突破1000万法郎。在圣诞节当月我们的业绩超过了2000万法郎，收银台前排队的人潮让我们信心十足。

元旦期间我们犒赏员工，到LV和劳力士给大家买了奖品。到现在我还保留着那只金灿灿的劳力士表，偶尔看到它时就会想起当年超市的盛况。

随后我们乘胜追击，在巴黎陆续开了五家电脑超市。1995年我自告奋勇，将我们法国的超市品牌开到上海滩，从此开启了我在上海的奋斗历程。

我走后，每个月都会回巴黎一趟，一方面向南明汇报上海的情况，另一方面听他讲述巴黎的情形。我们都报喜不报忧，因为身隔万里，远水救不了近火。

后来，在巴黎出现了一批走私电脑的商户，他们利用欧盟内货品在成员国间流通可以先退增值税再到进口国缴纳增值税的法律漏洞，将货品经陆路从德国带进法国，在德国办理退税后就不再向法国海关申报。

因为这些走私贩利用泰国人的身份注册公司，每六个月新增或关闭一家公司，换个地址后继续走私，所以他们偷税的行为也不太容易被察觉。

低廉的走私品迅速蚕食了我们的市场，电脑产品的毛利率越来越低，甚至比增值税的税率还低。而对于我们这种正规经营的商户而言，面对走私实在是一筹莫展。最后我们只能选择将公司卖掉，及时止损。

其实，在法国做生意还有许多潜规则。例如那些大卖场（如家乐福、欧尚等）的采购几乎都会向商家索取回扣，我有一个朋友在家乐福销售自有品牌的电脑，就常要应付各种索取。但也得益于大卖场良好的销售环境，我朋友公司的业绩得以迅速增长。于是他踌躇满志，开始筹备股票上市。

可就在上市前夕他们遭到采购的勒索——希望无偿持有公司一半的股权。我朋友没同意，当夜采购就通过媒体宣布下架他们的电脑产品。可想而知，翌日朋友公司的股票上市失败，生意也归零了。

和我朋友的惨状相比，南明和我的心态稍微感到平衡一些。之后，南明和女婿谋划开设手机连锁店，我则回到上海参与了百脑汇电脑卖场的筹建。

这几年来，每次见到南明他都在从事不同的行业，除了为他结束旧的业务感到惋惜之外，也对他始终都能找到新的商机佩服万分。

其中印象最深的是他有几年在做Studio（学生公寓）的生意，他向这些老挝同学募集资金，收购位于学校旁边的公寓，再将公寓重新装修，隔成小间宿舍出租给中国留学生（南明告诉我他们比较守信，会按时付租金），收益颇丰。

在巴黎，买房可以贷款到九成，南明不断地扩张，最高纪录是同时拥有五十多间Studio。后来有一个温州人和他竞争，把中国留学生的资源从源头给截留了，他也不得不将公司卖给这个温州人。

随后他在深圳买了房，也投资了一些股票。当时腾讯的股价还不是太高，微信也才推出不久。

2022年年初时，他打电话咨询我："腾讯是否到了可以卖的时候了？"我才发现他也是个价值投资的践行者，其腾讯股票的价值不菲。

除了南明外，我在巴黎十三区还有许多好朋友，有开旅行社的，有开餐馆的，也有卖中国音像制品的。他们都是南明的同学，每次来北京，我都会招待他们去吃正宗的北京烤鸭。

其实我挺怀念巴黎十三区中国城餐馆里的粤式烤鸭的，他们都会将烤鸭挂在玻璃窗前滴油，烤鸭酥酥脆脆的，令人垂涎三尺。

去年新冠肺炎疫情防控期间，我响应了巴黎十三区印支华侨们的义举，捐赠了10万只口罩，主要捐赠给十三区的医院和学校，南明也捐赠了10万只。除了我们外，许多华侨也出钱、出力，体现出人道主义精神。

自小南明就说他是潮汕华侨，每次他唱起《我的祖国》时那种激昂也常令我动容，他还多次为家乡捐款兴学。

最后他还是选择在巴黎十三区退休，安度晚年，他的孙子、孙女们都在那里。

南明的一双儿女都在法国的互联网企业工作，他们表现优异，收入颇丰。

子民说南明的退休金是同学中最高的，每个月有 1.4 万欧元，可以领到去世。

子民私奔回来后就一直跟着南明，他也退休了，但是退休金只有南明的零头。

# 2. 匆匆地走过

志明祖籍广东潮州府，婷婷是他的邻居，他们年龄相仿、青梅竹马。婷婷的父亲开了一家面包店，志明上学的时候天天去吃免费的面包。志明开玩笑道，面包和爱情对他而言从来不需要选择，有了爱情，自然就有了面包。

他们从小学、中学到大学，一直都上同一所学校。大学联考时婷婷发挥失常被第二志愿录取，志明降格填报了同一所大学。

在读研究生时，婷婷因为怀孕而辍学了，他们迅速举办了婚礼。从此婷婷就在家带小孩，志明工作之后，晚上她都会替志明整理资料，是称职的贤内助。

志明是个非常优秀的职业经理人，他在 IBM 分公司服务期间，曾为公司提出许多创意。上司非常欣赏他，他多次受颁“年度优秀经理人”奖项。

后来他的上司离开了 IBM，加盟宏碁电脑，他也随上司来宏碁工作。志明一度成为我的领导，他引进了 IBM 独特的管理模型和思考方式，我们都受益匪浅。

忠诚对于男人而言是最高贵的品格。志明对老婆忠诚，对上司忠诚，对身边所有的人都非常诚挚。他的现身说法对我日后的待人处事也产生了深远的影响。

从小志明和婷婷就有个梦想：到美国看看。这也是当时许多学子梦寐以求的。几年后志明向公司申请外派，全家搬到了美国。

那时我已被派驻到欧洲，但我经常在电话中向他请教。宏碁业务遍布全球，当时外销部门的老同事大多都出国了，有了海外经历，就可以获得升迁。

他成为美国公司总裁的得力助手，把宏碁的品牌推广到许多重要的渠道。当时宏碁的笔记本电脑性价比高，在欧美占有极高的市场份额。

2000 年我去圣何塞探望这位老领导，在他家里住了三天，他有两个女儿和一个儿子。他的家中井井有条，父慈母爱，非常温馨。

志明开车带我去金门大桥打卡留念，还骑了一会儿自行车。当晚我们拜访了知名民歌手王新莲，他们两对夫妇是同期来到美国的。

晚餐时王新莲讲述了她的创业史和罗曼史，她老公 Steve（美国人）是她唱片公司的合伙人。由于她固执己见，几乎把创业中能犯的错误都犯了一遍，最后债台高筑，公司也倒闭了。

破产当天，王新莲和 Steve 躺在草地上，对天长啸，有种解脱的感觉。“其实这一天早该来了，没想到我们俩坚持了这么久。”王新莲慨叹道。

婚后她随 Steve 回到美国，勤奋能干的她很快就东山再起。她老公为她买了山中的独栋别墅，还把目光所及的山头都买下来，防止闲杂人等闯入视线。

清晨时分，他们经常早起看日出，享受森林、朝阳之美；深夜里，窗外猫头鹰的叫声也幽幽地陪着他们进入梦乡。此种浪漫生活着实令人羡慕不已。

饭后，王新莲展示她亲手制作的工艺品给我们看，有娃娃、布艺包、装饰画等。作品别出心裁，依靠她的艺术灵感设计，因而销路极佳、供不应求。

我回国不久之后，志明开始创业，成立了一家互联网社交企业，科班出身的他很快就拿到创投基金的钱。可惜理论和实践还是有较大差距，钱很快就用完了。

为了贴补家用，婷婷开始拜王新莲为师，制作工艺品。原本就聪慧的她一点就通，居然青出于蓝而胜于蓝，王新莲常开玩笑说：“教会了徒弟饿死了师傅。”

经过了几次创业挫折之后，志明也认清了自己的短板。因此他改弦易辙，设立了一家培训公司，把毕生经验写成了一本书，这本书也成为他的核心理论基础。

而这本书甫一出版就销售一空，许多企业老板都慕名而来，聘请他担任顾问。他也经常去各地演讲，结交了不少金融圈的朋友。

志明和婷婷开始两地分居，婷婷在硅谷开设了以自己名字命名的专卖店，获得了极大的存在感和价值感。这么多年，她始终在为老公和孩子而活，现在孩子都毕业了，她可以从事自己喜欢的事业了。

志明越来越成功，他在美国停留的时间也越来越短，有一年在家的时间甚至还不到三周。他三个孩子也离家独立工作了，家已经成为一种形式。

始料未及地，志明在上海遇到了一位红颜知己。他才发现情歌里讲述的爱情原来这么甜，那种忽隐忽现、欲言又止的暗示也经常让他思索到深夜。

为了家庭，志明始终把持住自己，他不愿意成为罪人，直到有一天……

那是在他大女儿的婚礼上，几乎所有的亲戚朋友都到齐了，志明和婷婷看着幸福的女儿，对望了一下。

婷婷叹息着说："女儿真幸福，新郎好爱她。"志明脱口而出："你不幸福吗？"婷婷若有所思地说："那要看你对幸福的定义，现在的你幸福吗？或者过去的你真的幸福吗？"

志明明白婷婷的意思，他们俩从小就熟悉对方，此时此刻，他们也都能读懂对方的心思。除了彼此，此生他们对情感生活的体验实在太贫瘠了，志明不想再用虚伪的话语来搪塞婷婷，因为他知道她在想什么。

"是的，我们为了一份儿时的执着走到现在也真的太不容易了。"志明说道，"在课堂上我给学生讲述许多人生哲理，才发现自己一直住在象牙塔里。"

"孩子都大了，人生还长，如果你想追求一份迟来的幸福，请不要受我牵累。"婷婷试探地说，"我最近加入慈济功德会，和姐妹们有深刻的交流，才发现我们的爱情有多么浅薄，我不希望女儿步我后尘。"

"也许是王新莲和 Steve 的爱情让婷婷有所感悟？也许是女儿和女婿的恋曲给她当头棒喝，她也想开始追求自己的幸福了，不希望彼此成为羁绊？"志明在内心暗想。

当晚，他们再也没说过话，把新娘交给新郎后，志明就匆匆离席了。他要去赶飞机，香港有一个重要的人在等着他。

去年，我特地去聆听了志明的一场演讲。他的第六本书刚刚出版，读完后我看到他身上所散发出的智慧光芒，顿时觉得他变得更加年轻、时尚，那个宏碁时代的志明又回来了。

他对我提及和婷婷的最后一谈，原来婚礼上她已知自己是癌症晚期。

这让我想起王新莲的成名曲:《匆匆地走过》

在秋天的时候，
你匆匆走过，
让我轻轻地对你说，
请你等着我;
匆匆地走过，匆匆地走过，
一句话儿都没有说;
匆匆地走过，匆匆地走过，
一句话儿也没回答我。
……

在婷婷临终前，也许她心里想着的就是这首歌。

# 3. 大器晚成

1995年我第一次去上海，为我在法国的电脑超市连锁开设中国据点。通过父亲的朋友介绍入驻了位于南京东路的电子商厦，当时有句话：“南京路上什么东西都能卖得掉。”是的，每天数万人潮让我们占了地利之便，但是要想把高价的个人电脑卖掉却仍然是一种挑战，尤其对我这个外地人而言。

当时的品牌电脑主要都在百货公司卖，南京路上的市百一店是公认的No.1，东海广场也有几家电脑门市。面对已经成熟的品牌电脑市场我几乎没有优势，进货价格也低不下来。

就在我一筹莫展的时候，魏武出现了。他在媒体行业工作，介绍了许多媒体朋友给我，并为我策划了“电脑市场排行榜”，此排行榜在《新民晚报》《文汇报》等知名媒体刊出。“电脑市场排行榜”产生的舆论效应使我们在电脑市场树立了权威地位。

每个周末我们都会举办各种促销活动，每次活动都会在十几家媒体上（包括电视新闻报道）提前宣传造势。许多家长纷纷带着孩子过来参加，我们也逐渐成为上海最拥挤的电脑卖场，前后陆续开了五家分店。

魏武出生于上海，毕业于同济大学，在学校时就很活跃。他曾有一个女友，因母亲畏罪跳楼而精神失常，这件事对他影响甚大。他常告诉我赚到的钱不一定是自己的，花掉的钱才是。上海人普遍奉公守法、言行谨慎，他也属于那种典型的上海男人，赚了钱就攒起来买房。

他对女友们略显小气。他的恋爱逻辑是：如果进行了三次约会，还不能进一步发展，就要及时止损。他不会让女友们得知他有车、有房，因为他觉得现在的小姑娘都太精明了，如果她们知道他有钱，就会想办法把他“榨干”。虽然他陆续谈过无数女朋友，但是估计因为这个逻辑，现在还保持着单身。

刚开始，聚会时我会邀请他去 KTV 唱歌，后来他建议我们去蒸桑拿。他说：“KTV 又贵又不实惠，还不如去按摩放松一下划算，而且餐点水果都是免费的。”我也发现他的分析是正确的，我们去了上海大大小小的桑拿店，也因我们经常坦诚相见而对他有更深入的了解，他也成为我在上海最好的朋友。

1998 年我结束了在中国的业务去了巴黎，他去了一家房地产企业做媒体策划。我们偶尔会通电话，电话中他仍会抱怨新认识的女友，每当那时，我就聚精会神地听他发表一番谬论。

2001 年，我回到中国从事创投工作，他在房地产公司也做得风生水起，成为公司的品牌副总。只是他夹在大老板和二老板中间左右为难：他是二老板招进来的，却觉得应该更支持大老板一些，这样对自己也会有好处。

我问他大老板会把他当自己人吗？他说这就是症结所在，大老板总是有意无意地为难他，给他带来极大的压力。他极不开心地表示：“要不是公司给我期权，我早就换工作了。”我劝他要多支持二老板：“他对你有知遇之恩，而且他对你也百般信任。”

长期的压抑加上天天熬夜，魏武得了功能性疾病，头发全部脱落，身体也迅速发胖，需要长期服药。病假期间，公司大老板给了他一笔补偿金，逼他辞职。幸好二老板念旧，在他病情缓解后，安排他去弟弟的公司，让魏武参股成为小股东，公司主要从事手机代理销售。

“钟大哥，谢谢你给我的建议，我才能和二股东成为事业伙伴。”我们在虹桥宾馆庆祝认识 10 年时他感激地说。当时手机市场方兴未艾，智能手机也才刚刚推出，我勉励他要抓住机遇：“我对你有信心，相信你会成功的。”

在那个百花齐放、百家争鸣的 3G 时代，波导、夏新、海尔都曾经和诺基亚 PK，取得了不凡的业绩。

人生不如意事十之八九。手机代理销售需要大量的库存和资金沉淀，每次更新换代时，销售增长的同时毛利率也被压得很低，微薄的利润终究覆盖不了库存的耗损。

魏武开始到处借钱，我也借给他几十万元。没想到形势逼人，一股倒闭潮吹来，魏武的企业出现大笔坏账，他也开始躲债了。“钟大哥，给我一点时间，你的钱我一定会想办法还你的！”在电话中他信誓旦旦地保证。

魏武总算守信用，一年后，他变卖了仅有的两套房，把所欠的钱都还清了。他还开了一家店铺，专门做手机维修，美其名曰手机医院。他告诉我店里主要收益来自收购旧手机，翻新后在二手电商上面销售。

二手手机生意风生水起，他又开了第二家店，也开始交新的女朋友了。光头、体胖的他站在娇小的女朋友身旁显得有点突兀，不过，他也没有成家的打算，毕竟在上海无房很难结婚。“上海的丈母娘这一关可不好过。”他嘀咕着。

后来，他引进风险投资，手机回收的业务也迅速增长。不过，风险投资人却不好应付，他很多新的创意都受到掣肘。有一次在双方矛盾尖锐时，投资人居然拉拢他的团队沆瀣一气要逼他就范。过去他所面临的大股东和二股东之间的矛盾又发生了，只是这一次他是当事人。我劝他能忍则忍，后面引进新的投资人局面就会好很多。

在我从事创投的这些年，发现几乎所有的创业都会经历一番风雨，魏武的公司也不例外。在公司门店众多、管理混乱时，他的核心团队脱离公司单干，据说还拿到一笔天使资金。中国人喜欢自己当老板，许多大公司都曾沦为“黄埔军校”。往好处说是为社会培养人才，其实是养虎为患。

原本身体就不好的魏武，受到这种打击，病情开始恶化了。他的眼睛变模糊了，为此他配了一副深度眼镜，勉强可以看清。他一度想放弃一切，但他不甘心，面对员工他也没有退路可走。

后来他给助手一定的期权，把公司交给助手打理，局面总算稳住了。他的助手是他的小师弟，这些年一直跟在他身边，不离不弃。这个小师弟相貌平凡却有独特的经营思路，他为公司建立了线上服务系统，串联了所有的门店，门店管理乱象立刻迎刃而解。他还建立了社区服务体系，除了回收手机之外，平板电脑和家用电脑也一并回收，半年后公司业绩就扶摇直上。

魏武终于迎来生命中的春天，计划明年公司股票上市。

上个月我们又在虹桥宾馆相聚，看着这位相识二十多年的老朋友，我感慨万千。他告诉我最近烦心的事情还有很多，我想劝他看开一些，却欲言又止。

已故英特尔总裁安迪·格鲁夫说过："只有偏执狂才能生存。"对于大器晚成的魏武而言，偏执就是他成功的要素，不是吗？

# 4. 当幸福来敲门

认识明仪时我刚步入社会，参加工作。

那时我在日本企业负责产品的销售业务，经常要应酬客户到深夜，一大早又要出门去公司上班。为了不让父母为我酒后的样子操心，也为了节省路上的时间，我就在公司附近租房子住。玲玲是我的二房东，她和男友明仪住在一起，周末我们仨常会一起吃饭，因此我们仨成为了好朋友。

玲玲是辅仁大学日语系毕业的高才生，她在一家日本企业上班，经常会去日本出差，周末有空时会教我日语。明仪就读于牙医系，毕业后分配到长庚医院，下班后经常去私人牙科诊所兼职，和我一样早出晚归，非常辛苦。

明仪看到自己兼职的牙科诊所生意兴隆，他也想创业。刚好我们住的公寓有沿街的铺面要出租，他当机立断把店面租下来，而我成了他牙科诊所的第一个病人。

从小我有一颗门牙长得比较突出，不太美观，明仪自告奋勇免费替我做全口矫正。还记得有两年时间我都戴着牙箍，后来因为钢线箍得太紧牙齿崩掉了，我不得不换个诊所植牙（那时明仪还没学会植牙）。无独有偶，玲玲的妈妈让他拔智齿时，他因为太紧张而错拔臼齿，导致玲玲六个月都不理他。

当时牙齿矫正和植牙都属于比较新的技术，频频失手之后，我和玲玲都劝他去国外进修。他也很上进，利用诊所再次装修的时间去哈佛和东京大学的医学院各上了三个月的课。从此他成为名副其实的牙科专家，医疗事故减少了，病人也逐渐增多了。

然而，他和玲玲的爱情始终原地踏步。明仪的母亲嫌弃玲玲是外省人、对长辈不尊重，有一次她还找玲玲摊牌，想让她知难而退。明仪从小就很孝顺，读书、就业都是母亲一手规划的，他劝玲玲暂时离开一阵子，他对玲玲说："我会慢慢说服我妈的。"

不久，玲玲向公司申请去日本工作获准，二房东退房了，我也搬离了公寓。我和明仪随即在市区买了房，我也换工作了。

没想到好事多磨的不只是明仪的婚事，他的牙医诊所才步入正轨没多久房东就破产了，新业主也想开牙医诊所，明仪只好另觅他处，顷刻间所有客人都被新业主接收了。

明仪灵机一动，搬到郊区，贷款买了个店铺。为了客源他开始广结善缘，参加各种社团，我也随他参加了国际青商会。他口才很好，一场活动下来经常可以吸引十多个病人，且都是净值客户。

生意风生水起，他开始请助手。他在长庚医院的学长、学姐都利用闲暇时间过来兼职，也为他导流了不少病人。而兼职牙医师的诊疗费一般和诊所五五开，牙医师的兼职收入并不比在大医院工作的薪酬低。

当时牙医诊所的收入主要来自医保，诊所只能收取病人微薄的诊疗费。只有那些医保无法支付的特殊手术才能增加收入，例如矫正、植牙、嵌体等。但是植牙的风险极高，对于那些艺术不高超的医生而言，会极大概率产生医疗纠纷。

考虑到诊所的长远发展，明仪只好重金礼聘权威医生来诊所坐诊，并出让大部分利润。同时，他拜师学艺，尽可能地从中学习。

后来，我被公司派去欧洲工作，每次回去明仪都会请很多朋友给我接风。看到明仪的朋友圈从青商会到扶轮社，从富二代到企业家，从一个诊所、两个诊所到三个诊所，我不禁佩服他强大的商业运作能力。

1995 年我去上海创业，他约玲玲来看我，玲玲也趁机回老家探亲。我带他们参观了上海的口腔医院，当时老百姓看牙一般都是去大医院，牙医诊所并不多见。明仪觉得市场潜力很大，就让玲玲留下来，寻找合作伙伴一起创办牙科诊所。

玲玲并没有辜负明仪的期望，他们和上海瑞金医院的口腔专家David合作，以承包的方式执业，股份则分成三份，明仪、玲玲和David各三分之一。

玲玲辞掉日本的工作来上海负责口腔医院的业务，明仪每个月来上海10天。这一切都秘密进行，没有惊动明仪的母亲。

背靠瑞金医院丰富的医疗资源，这家口腔医院很快就病患盈门。明仪来上海的频率也增加了，他还吸引在哈佛学习时认识的美籍北京人Lee加盟，着手设立北京口腔医院。

就这样，口腔医院以每年新开2～3家的速度落地深圳、广州、南京、成都等地。除了自营外，明仪也发展一些加盟医院。

2002年，明仪的母亲被诊断为癌症晚期，他把这个消息告诉玲玲，并说："明年我们就去领证结婚。"

玲玲的反应却大大出乎我们的预料，她向他坦白："年前David向我求婚了，我们准备最近忙完就去办理结婚登记。过去我等你这么多年了，真心希望你也能祝福我们。"

明仪感到十分错愕，他更担心这家辛苦做起来的口腔医院也将易主。

为了公司的长久发展，Lee建议明仪把公司分拆成两部分，华北由明仪控股，其余由David夫妇控股，并引进外部股东，加大华北公司的业务拓展。Lee的建议被大家接受了，依托于Lee在美国的人脉，他们很快就引进了知名风险投资，迅速占据华北市场。

至于玲玲，婚后不久就怀孕了，David让她安心在家养胎，趁机把她这个非专业人士架空了。David请来一批专家担任高管，顺带地把他的弟弟、妹妹也都请到公司来，每人负责一个区域。

玲玲虽然不开心却也无法扭转局势，David提议让他弟弟、妹妹也在公司持股，委曲求全的她也只好同意。后来，公司形成地方诸侯割据的局面，成本居高不下，亏损累累。

明仪的公司在Lee的辅佐下，以及在知名风险投资的支持下，屡创佳绩。他和该风险投资的合伙人Linda在许多问题的看法上高度一致，他们经常交流到深夜。明仪邀请 Linda 加盟，Linda 也爽快地同意了。

在新冠肺炎疫情前，我参加了明仪和 Linda 公司股票上市敲钟仪式，借此他们补办了一场盛大的“结婚十周年庆祝晚宴”，双喜临门。

“看来，当幸福来敲门的时候，顺便把钟也给敲了。”我调侃他们夫妇道。

# 5. 道德底线

于老师是我小学三年级的生物老师，她每天早上来学校都要花费一个小时，非常辛苦。

暑假期间，她会邀请我们去她家玩。当时她女儿莉萍不到两岁，笑起来的小酒窝很可爱。

小学毕业之后，我和于老师就失去了联系。

工作多年之后，我被外派到荷兰鹿特丹工作。

我们经常会接待商业考察团，协助他们了解当地市场情况。有一回一个大学的夏令营，特地来荷兰参访，我受邀去做简报。

在简报中，有一个穿白色衬衫的女孩不断提问，引起了我的注意。她非常美丽，提的问题也非常尖锐，后来我才知道她是夏令营的团长，是一名大三学生。

我向她索要电话号码和地址，她给了我一张纸条，我顺手装进口袋里。她们前往下一个行程，临行前她邀我参加她们的晚宴，晚宴设在鹿特丹市区的中餐馆。

我回到办公室，看到纸条上的地址，突然想起于老师，连忙打电话，居然是于老师接的电话。

她仍然在同一所小学教生物学，电话中她对我仍有印象。

我和莉萍饭后又单独去酒吧坐了一会儿，我领她逛了旧港湾里的酒吧区。在浪漫的萨克斯风乐声中她灿烂的笑容像天使一般，两个小酒窝十分迷人。

在一马平川的荷兰最适合的运动就是骑车，第二天是周六，我约她去风车镇 Kinderdijk 骑自行车。沿途湖光山色，路旁的郁金香和小雏菊令人陶醉。当晚回酒店时，她轻轻用她的唇碰了我的唇，告诉我周日一大早她们就要出发去海牙。

后来我才知道那是她的初吻。次月我们公司举办全球代理商大会，我去学校找她。我们的恋情继续发展，却一直没有让她母亲知道。

莉萍主修心理学科，她最崇拜法国思想家西蒙娜·波伏娃。她告诉我她的《第二性》这本书主张女性获得经济独立的必要性，其中还强调了男女平等，包括性爱。

我们平生的第一次就在她告诉我这件事情的当晚发生了，可惜第二天我就要返回欧洲工作，事发后她显得非常轻松，就像完成了一场实验性的体验。

回欧洲之后，我经常给她发电子邮件，她也分享了她在学校里的生活，例如她参加了许多社团，是学生领袖之一等。

不久，她担任某老板的助理，而且他们好像在交往。她向我承认了他们的关系，却表示这不影响我们之间的关系，当时我没太听懂她的意思。

虽然感到痛苦，却因身在异地，我只能默默接受。毕竟眼不见为净，我相信她。

后来，她毕业了，报考了英国牛津大学。

那时我已被调到法国工作，从法国去英国很方便，她也会来巴黎看我。

我们做了更深入的交流，她告诉我她不打算结婚，因为她觉得男女之间应该保持独立性，不应该限制彼此的生活，若是遇到更喜欢的人，也不会有负罪感。

她认为每个人都存在生物性和人性，生物性主要体现在繁衍后代，人性则一直在追求真理。社会的道德观是建筑在人类对真理的掌握上，每次人类的科学文明进步都会刷新道德观，例如同性恋和堕胎的合法化，通奸罪的废除和男女同工同酬都是基于社会文明的进化。

她还说一夫一妻制只是男人为了确保孩子像自己而提倡的，未来人类有可能实现基因编辑，孩子不仅不像父亲，有可能也不像母亲。

而人类社会分工也会朝着集群化演变，孩子的独立性非常高，他们不归属于父母，而是属于社会和国家。

欧洲人有完善的社会福利，不需要养儿防老，所以也不要求孩子孝顺父母。撇开“孩子的爸爸是谁”这个问题之后，婚姻也就没那么重要了。随着科技的进步或许男人都可以怀孕，同性恋群体也就不会再受到歧视了。

莉萍表示她不介意我和其他女人交往，因为她不会结婚。我无法反驳她的观点，也无法接受她过于先进的思想，只感到内心十分痛苦。

后来，我又谈了一场新的恋爱，和莉萍也就疏于联系了。虽然偶尔出差去英国，还会和她见一面一起度个小周末什么的，不知道那算不算“礼貌性上床”。

多年之后，再见到莉萍时她仍保持单身，正和一位法国男人同居，她领养了两个小孩。巧的是那个法国男人名叫萨特，不知道会不会是保罗·萨特的后代。

其实，近 10 年来随着生物科技的进步，莉萍所预言的“那个时代”也正在慢慢到来，人类除了实现基因编辑让孩子长得不必像爸爸妈妈之外，人工授精和代孕也让许多妇女能将子宫解放出来，免受生产之苦。

对于那些不想结婚却想要小孩的女人，哈佛、耶鲁或是壮男的精子都可任她们挑选。而人工智能、机器人、网络直播、充气娃娃及 VR 虚拟现实技术，也都能在漫漫长夜里，给那些“单身狗”带来各种各样的满足感。

如今，也有更多的适婚女性选择不结婚，她们经济独立，社会地位也不错。她们的男朋友换了一个又一个，甚至越来越年轻。

对于已婚妇女而言，许多人也不再从一而终。那些“天下人都会犯的错”也开始发生在她们身上，为了维护共同的利益，夫妻甚至还会联手对付小三。

对于最近发生在那些顶级富豪身上的巨额离婚事件，我们也千万不要大惊小怪，把它看成是一时兴起，或是博眼球的新闻就可以，毕竟新冠肺炎疫情防控期间有太多价值观都被一一颠覆了。

例如戴口罩这件事情，被欧美的某些群体提升到“捍卫自由”的高度，他们甚至还说：“不自由毋宁死。”这些反科学的传统价值观，实际上也很难去改变。

也许，莉萍和西蒙娜·波伏娃一样，都很难被当今的中国社会所接受。然而，随着科技的不断进步，社会价值观和道德底线也在不断地被颠覆。

上帝说："你们中间谁是没有罪的，谁就可以先拿石头打她。"在我们拿着自己狭隘的道德底线去鞭打那些特立独行的人，或是举着舆论的大旗去网暴那些"躺枪"的人时，有没有想过，自己难道就没有任何问题吗？

相信有一天，法律底线和道德底线会成为一条线，宽容的社会让大家变得更自由、更安全，法律也变得更加人性化，人和人之间也变得更加平等了。

# 6. 第二道彩虹

巴黎三区位于塞纳河右岸，是温州移民的聚集地，中国城就位于中世纪小修道院旁。这里汇集了许多温州人经营的首饰、皮具、服装、旅游纪念品等批发零售商店。相对于嘈杂的十三区和十九区，第三区显得安静许多。

从温州移民到法国的有 15 万人左右，其中有 10 万人定居在巴黎。他们主要来自浙南各地区，统称为“温州人”。

随着中国经济的崛起，温州人开始高价收购巴黎人开的面包店、药房、肉铺、奶酪店，利用其巴黎的品牌在全法开起连锁店，获得了可观的收益。

艾琳老家在义乌，初中毕业后随父母移民法国，住在巴黎三区。她学习能力强，考进了巴黎第九大学（现改名为巴黎文理研究大学）。

艾琳在学校最好的朋友是阿拉伯裔的阿斯玛，住在十八区。大学毕业后艾琳留校进了硕士班，阿斯玛则去了伊朗菲尔多西大学深造。

不久，菲利浦走入艾琳的生活，他毕业于巴黎综合理工学院（巴黎综合理工学院隶属于法国国防部，是法国最顶尖且最负盛名的工程师大学），在国家核能实验室工作，是政府重点栽培的对象。

法国是全球仅次于美国的第二大核能利用大国，核电工业非常发达。我在 TCL 的老同事 Antoine 就在法国欧安诺（Orano）中国分公司担任高管，中国政府曾经向欧安诺订购了核能设备，其价格优势非常明显，在技术服务上也很到位。

在艾琳毕业后，菲利浦向她求婚，此时艾琳收到一封法国民政部发来的信函，要求她尽快加入法国国籍（否则会影响菲利浦的仕途）。原来艾琳一直保持着中国身份，如果和菲利浦结婚，法国政府担心其核心技术外泄。

艾琳婚后生了一个男孩，请保姆后开始找工作，我是她第一个老板。当时我刚被公司派到法国设立子公司，她是我在法国的第一个员工。

艾琳业务能力很强，常随着我去拜访客户，有时也需要出差。菲利浦不喜欢她出差，小两口儿常常因此争吵，为了不让她出现家庭问题，后来就不安排她出差了。刚好阿斯玛也学成归国，艾琳推荐她来公司上班，她是单身，时间安排比较灵活。

公司业务就在这两位干将的辅佐下迅速发展，团队也迅速增加到 90 名员工。而女性天生优势明显，在产品有竞争力的前提下，她们能很快地和大客户的采购经理建立良好关系。

菲利浦和艾琳的争吵却一直在持续，他对她经常回父母家感到不悦，干涉她和男性朋友通电话（主要是他听不懂普通话），还暗中调查她的行踪。有一回我在三区附近看到菲利浦鬼鬼祟祟的，才知道他们的关系已经到了剑拔弩张的地步了。

这段婚姻延续了五年，艾琳已是筋疲力尽，濒临崩溃。她去看心理医生，医生也强烈建议她俩终止婚姻关系。

后来我去上海创业，我们也中断了联系。我法国的老同事说她后来去了家乐福公司工作，因为良好的学历很快就被提升为商品经理。

2004 年我参与 TCL 对法国汤姆逊电视机企业的并购，艾琳邀请我和领导去她的新居吃饭。她儿子已经上初中了，长得非常俊俏。她很热心地为我们分析了法国的电视机销售渠道，并表示可以协助我们的产品入驻家乐福。

艾琳总是那么豁达开朗。她的手艺不错，传承了母亲几道拿手的菜，那天她做了“三丝敲鱼”和“爆墨鱼花”招待我和领导。

2010 年，我在茅台镇为公司投资了一个项目，刚好茅台镇的酒商要去西班牙和法国考察当地的葡萄酒商，我自愿当他们的导游。艾琳招待了我们，那时她刚刚再婚，对象是法国鲁昂当地的连锁超市老板。

从照片上看，她老公 Érasme 年龄比她要大许多，听她聊起他们的爱情故事却仍青春绽放、隽永无比。

有一次半夜艾琳发烧了，Érasme 得知后在最短的时间内出现在她的床前，从此爱苗燃起、生生不息。

只要艾琳有需要，Érasme 都能适时给予，他是她的“白衣骑士”。他白手起家、兢兢业业地将一家超市变成多家超市，认识艾琳的时候他已有 10 家超市。

艾琳告诉我她正尝试在三区开设他们在巴黎的第一家超市，从选址、设计、装修、进货到广告……听她神采奕奕地侃侃而谈，我想起她担任客户经理时的模样。

后来有了微信，我经常关注她的朋友圈。她又生了一个女儿，每次新店开张时小宝贝都会出现在照片里。随着宝宝的成长，他们的生意也不断扩张。

上个月，从朋友圈看到他们全家去蔚蓝海岸度假的照片，在阳光沙滩上幸福洋溢之际，我好奇地问起法国的疫情，她告诉我他们全家都接种了疫苗，还强调度假是法国人的生命，任谁都无法阻挡。

她说疫情还助推了他们的生意，大家都不去餐厅吃饭了，超市生意非常红火。而这几年他们已经在巴黎开了九家店，最近有一个财团想收购他们。

此时，我推窗一看，京城大雨过后，天边惊现两道彩虹，绚丽无比。

看来艾琳人生中的第二道彩虹无比精彩，这么多年她终于得偿所愿。

在欣赏彩虹美景之际，我也对生命中的浮浮沉沉有所感慨。也许，人生中“神马”都是浮云，唯有至情方能乍现彩虹。

# 7. 硅谷风云

众所皆知，硅谷（Silicon Valley）是世界高新技术创新及产业中心，聚科学、技术、生产、金融为一体，汇集了包括谷歌、脸书、惠普、英特尔、AMD、苹果、思科、特斯拉、甲骨文、英伟达等企业和其他1500余家高科技企业。

目前该地区的风险投资占全美风险投资总额的三分之一，是带动新科技发展和并购的主要力量。

硅谷的主要区域位于旧金山半岛南端的圣塔克拉拉县，包括该县下属的从帕罗奥多市到县府圣何塞市一段长约25英里的谷地。

约翰在广州出生，五岁时随父母移民美国，他会说粤语和英语。他是斯坦福大学工程博士，毕业时正好赶上苹果公司股票上市，他也应邀入职了苹果。

在20世纪80年代，以英特尔CPU为核心，苹果公司与IBM先后催生了个人电脑市场，随后的微软也借此做大、做强。约翰曾任职于苹果公司，后来他离开了苹果公司，自己创业。

约翰选择了其精通的通信行业，当时MODEM的技术尚不成熟，他用软件优化了MODEM的传输速度，获得了许多大客户的支持。他的公司于1990年在纳斯达克上市，约翰收获了创业的第一桶金。

后来，他把部分股票变现，开始了第二次创业。他和斯坦福大学教授合作，推出ADSL通信系统，让互联网的应用获得了更大的普及。他的公司获得了巨大的成功，于1995年在纳斯达克上市，约翰也成为硅谷传奇人物。

同样的故事重复发生了四次，每一次约翰都能完胜市场。2001 年我认识他时，他正在筹备第五家公司，在君悦酒店我和他、他的夫人及孩子一起用餐。他夫人是美籍印度人，孩子长得像妈妈，刚上高中，据说是所贵族学校。

约翰说他办公桌上有五台电脑，每台电脑的功能都不一样，他可以同时操作这些电脑，不必切换系统就可以在不同页面上收发资料，所以他的工作效率非常高。这也是他成功的秘诀之一。后来我也学他同时使用多台电脑，成效卓著。

2003 年，我应邀去硅谷拜访他。当时我们美国的公司位于圣何塞，他的公司在帕罗奥多（斯坦福大学旁边），开车要半个小时。

那时他刚再婚，新婚妻子卡洛琳是中国东北女孩，比他年轻 20 岁，在硅谷知名的房地产公司上班。

约翰告诉我离婚让他“大失血”，他的财产基本分成三等份，他和前妻及孩子各得一份。他不得不变卖所有上市公司的股票，扣除离婚费用，剩下的用于购买新房、增资创立了两年的通信公司。

显然卡洛琳不太满意他为离婚所付出的代价，对他颇有怨言，婚后也变得奢侈起来。约翰经济压力很大，朋友建议他兼职设立创投基金，可以赚取管理费。

硅谷是个崇拜英雄的地方，约翰凭借着良好的声望和人脉，轻易为基金融资到两亿多美元。他的搭档也是他的斯坦福校友，他们两年内共投资了 30 多家企业，投的都是初创不久的科技公司。

也许是约翰太痴迷于科技而忽略了人性，也或许是他认为自己很专业，可以深度参与，为企业赋能并扭转乾坤，然而，孵化虽是他的优势，却也是创投基金的劣势，既当裁判又当球员，就很难判断及激发企业团队的真正实力和潜力。

除了天使投资人外，我们做创投的一般不会太干涉被投企业，也不会对企业家指手画脚。如果企业真有需要，我们才会根据其需求对症下药。

出乎意料地，约翰的第一只基金居然全军覆没，还包括他自己的企业。

他所管理的基金两次加持自己的企业也被出资人诟病，差一点对簿公堂。

当时我有幸参与 TCL 对法国 Thomson 电视机公司的并购，我负责战略企划中心，每个月都必须往返于欧美和中国之间。我也经常去硅谷开会，每次见到约翰时我们都会以他所投资、参与的项目作为新的案例进行讨论。

看他神采奕奕地为我介绍这些项目，心中虽有诸多狐疑，却碍于情面而三缄其口。后来我发现这也并非朋友相处之道，即使他所谈的项目都已投资完毕，再泼冷水也无法改变事实。

实际上，投资人和创业者就是甲方和乙方的关系，投资前投资人是甲方，投资后投资人成了乙方。如果不明白这个道理，投资人在投资后还秉持甲方的姿态就容易得罪创业者，引发诸多矛盾。

就如投资人和创业者的关系一样，采购和供应商的关系也不是一成不变的。有一段时间我转去负责 TCL 全球采购部门，在面板缺货时我必须使出浑身解数来讨好供应商，在平常不缺货时也需和他们维持好关系，才能提前套出市场降价的信息。

人生的机遇更是不断消长，首只基金的失败对约翰而言也并非坏事，因为过去的路太顺畅了容易让他目空一切，失败反而能让他对自己有更多的了解和反思。而后我也看到了他在这方面的进步，对人、对事也变得比较宽容。

硅谷是一个能包容万物的地方，对于失败过的人只要没有人格上的污点都能全盘接受，对乔布斯如此，对孙正义如此，对索罗斯如此，对约翰也是如此。

许多投资人既愿意让新人尝试错误，也愿意让老手汲取教训重新出发。不经一事，不长一智，初次成功是运气，再次成功是智慧，反之亦然。

约翰前后共经历了七次创业，获得了五次成功。2017 年我在硅谷遇到他时，他正在筹备一只数字货币基金，那天我受邀参加旧金山一年一度的金融科技论坛，他作为嘉宾去演讲。

会后我们一起喝咖啡，他说自己已恢复单身，幸好这段婚姻没有小孩，但代价并不低。而他已有前车之鉴，能提前做好心理准备，卡洛琳带走了有形资产，把虚拟资产包括数字货币留给他。

在 2020 年新冠肺炎疫情之前，我拜访了他位于沙丘路的新办公室，他的数字货币基金表现非常出色，虽然比特币起起伏伏，对基金经理而言却是波段操作的好机会，借此我也了解到“割韭菜”的多种方式。

为了写这篇文章，我打电话给约翰，想了解他的近况。电话中他带着兴奋的语气说道，去年有朋友做了个梦，梦中上帝指明让他买狗狗币，约翰知道了也跟着买，结果赚了几十倍。

约翰还投资了 NFT 等数字画作，用赚的钱买了一栋豪宅。

豪宅里迎来了新的女主人阿什，他们说好了只同居不结婚，也不限制彼此的自由。阿什比他年轻 35 岁，是日裔美国人，刚刚创业，约翰是她的天使投资人。他形容她是未来的玛莎·格雷厄姆玛丽·凯·阿什（玛丽·凯化妆品公司创始人）。

硅谷的创业风潮从不间断，约翰正处于风口上，狗狗币和阿什也是。

狗狗币站在马斯克的肩膀上，阿什则站在约翰的肩膀上。

# 8. 国色天香

洛阳市，别称洛邑、洛京。夏朝初年，禹划九州，河洛属古豫州地。洛阳是华夏文明的发祥地之一，自夏朝以来共有 13 个朝代在此建都，拥有 1 500 多年的建都史。

洛阳牡丹是中国名花，魏紫姚黄、超逸群卉、花团锦簇，素有“花中之王”的美称。洛阳出名花，也出美女，貂蝉、甄宓都出自洛阳，迄今洛阳仍位列中国美女最多的前五大城市之一。

夏牡丹出生于洛阳，故取名牡丹，父执辈皆书香门第，她自幼受音乐、书画的文艺气息熏陶，才貌出众。

如果说真有人能让你看一眼就永世难忘，这应是一辈子的福分了。可如果这个人和你在一起，无论多久你都不会有邪念，那就只有夏牡丹了。

这种感觉很特别，有如天仙下凡令人不敢逼视，或是望之玉洁自惭形秽而不忍亵渎。认识牡丹是在中国戏剧学院的毕业成果演出时，她扮演英国王妃，我被她雍容华贵、艳丽夺目的造型所震撼（可惜演技一般，她是导演专业）。

后来，我们又一起参加了创投朋友组织的舞会，和她有了第一次近距离接触。她轻柔的话语让我必须仔细地聆听，哈着气凑着脸颊交流，使我心里有点紧张。

牡丹邀请我参加她的生日 Party，我问她想要什么礼物，她说：“我要 20 盒巧克力，每一盒都要不同品牌。”这独特的任务让我感到好奇又开心，随后我们也经常见面，在暧昧中我们慢慢建立起兄妹情谊。

当时我们创投圈的朋友常去打高尔夫球，绿岭俱乐部顺势而生。我们还会在打完球后组织晚宴，晚宴会规定着装，好似最早的 Cosplay。

中戏和北影的学生是绿岭活动的常客，我也邀请牡丹参加。她一出现立刻成为众所瞩目的焦点，有邀她拍戏的，也有邀请她参加选美活动的。

有一次牡丹的发小来北京准备考试，想成为她的师妹，我接待她们。我和她的发小聊起牡丹幼时的故事，原来牡丹家人一直反对她当演员。她父亲是大学教授，母亲是医生，他们对“戏子”都有误解，她父亲还曾一度要和她断绝父女关系。

其实，和普通的大学生相比，中戏和北影的学生因见过世面而相对早熟。他们从大一就开始参与社会活动，接触不同阶级的人，许多知名演员也都从 18 岁就开始演戏。

18 岁的我还正处于懵懂岁月，还在被《少年维特的烦恼》这类书籍所感动，对现实的社会仍一无所知。

牡丹也不能免俗，她的内心是纯真的，却不得不戴上世故的面具。她拍了一些广告和短片，有些导演会占她便宜，当她还在想如何拒绝的时候就结束了。

不过她的演技也一直没有进步，如同她的熟女面具不够真实一样，她生硬的表情、语调让她磕磕绊绊。她在《山楂树之恋》这类大片里也有一些角色，可就是红不起来，或许她父母的先见之明是正确的。

毕业后她拿着《经纪人合同》来找我咨询，我才发现经纪公司对刚出道的演员都非常霸道。一般经纪公司会和演员签订十年的独家协议，对演员的限制和惩罚很多，他们却不保证一定能让演员演多少戏，或是赚多少钱。

经过深思熟虑，她决定不“卖身”了，她决定重拾她的专业，因此她报考了北京电影学院导演硕士班，以期能对导演学科有更多的钻研。

后来我发现在娱乐圈，学历真的不值钱，有时反而会空度青春。在看到许多师弟、师妹都开始在电影圈冒尖，牡丹也有些心慌。

最主要的是她始终守节，对圈里的潜规则视若无睹。有几次她和投资人都谈到最后一轮了，却因为她的洁身自好而落空。

后来牡丹去了中国美术学院传媒动画学院影视系任教，当时的影视系是第一届，校舍位于象山。校区美轮美奂，由王澍教授规划设计，此项目也获得了2012年普利兹克建筑奖（全球建筑最高荣誉）。

王澍教授借鉴中西方大学校园的发展模式，创造一个融建筑、空间、园林绿化、自然环境于一体的美丽校园。在G20杭州峰会时，国家主席习近平的夫人彭丽媛还邀请外方代表团团长夫人参观了美院象山校区，领略中国当代文化艺术之魅力，而外宾对学校的建筑风格都赞誉有加。

我们走在静谧的校园，天空下起微雨，晴朗后泛起一道彩虹，令人感到雀跃。那时她处于职业生涯中的低谷期，感情生活也一片空白。我想起了刚刚离异的朋友约翰，他刚好也在杭州出差，当晚我介绍他们认识。

约翰是我10多年的老友，有个跨国咨询公司，他是性情中人，非常仗义，常为朋友两肋插刀。他和牡丹一见钟情，也给她全新的生活，暑假期间他们经常到国外旅游度假。

可惜牡丹似乎在男女感情上有些生硬，处理不好那些成功人士所喜欢听的和比较忌讳的话题。她太爱钻牛角尖，对他的要求也过于严苛。约翰经常向我抱怨："上周我们开了一天的董事会，晚上才发现她打了100多次电话。""我只不过迟到半个小时，她居然就离开了。""我小儿子打电话给我，我们聊得很开心，她连这个也吃醋。"她注定不是他的"菜"。

后来我们都忙，有几年没有联系，有一次牡丹带老公来找我帮忙。她老公是一位新锐导演，有个电影项目想找投资人。我发现她还是那么强势，她老公显得过于唯唯诺诺。他们两地跑，正在拍摄纪录片，齐柏林和贾樟柯都是他们的偶像。

在新冠肺炎疫情防控期间，我有更多的时间静下来，突然想起久无音信的牡丹，我给她发了微信，她秒回我。微信就是那么神奇，多年好友可以无声无息地潜在里面，动起念头时又能瞬间召唤他们。

多年没见，牡丹还是那位不识人情世故的牡丹，也还是那位始终客套得不得了的老朋友。她语带羞涩地告诉我她正在写剧本，她和她老公离婚了，她儿子在老家，由母亲照顾。

我也觉得纪录片相对而言还是比较冷门，也许剧本才是她能发挥的领域。她表示写剧本是体力活，白天要推销剧本，晚上还得熬夜。

我又试图给她介绍男朋友，可呈现在我眼前的已不再是那个貌如天仙、冰心玉洁的牡丹了。她更想让我给她介绍客户和投资人，或是给她引荐某位富商。

后来，我想了想，国色天香的牡丹实在不太适合我们这些粗鄙的诗人，她本更属于那些簪缨世胄、贵仕商贾。

原本可以靠颜值吃饭的人，实力反而耽误她一辈子。

荒谬的是，有时我们认为自己有实力，最后靠的还是颜值，靠的还是表面上的东西。

# 9. 红色的铃兰果

斯德哥尔摩位于瑞典的东海岸，临近波罗的海，是梅拉伦湖的入海处。其风景秀丽，是瑞典的首都和第一大城市，也是北欧著名的旅游胜地。

斯德哥尔摩也是诺贝尔的颁奖地，知名的本土企业有宜家家居、爱立信、沃尔沃、H&M服装公司、伊莱克斯和阿斯利康公司，经济实力不可谓不强。

斯德哥尔摩市区分布在14座岛屿和一个半岛上，堪称是“北方的威尼斯”。

奥黛丽就诞生在斯德哥尔摩这座美丽的城市，她母亲是日本人，父亲是瑞典人。她有语言天赋，精通瑞典语、日语、英语和汉语。

她父亲在奥黛丽五岁时曾担任瑞典驻华使节，奥黛丽随家人在北京住了五年，她的普通话让我们都听不出她是个外国人，外表优雅的她长得像日本女孩。

初识她是在一次创投的酒会上，她美丽的助理莎莎远远地就吸引了我的目光。莎莎是香港人，香港大学毕业后就加入奥黛丽的基金管理公司，担任奥黛丽的私人助理。莎莎长得很像朱茵，当时我笔记本电脑的桌面壁纸像就是朱茵。

自从奥黛丽横空出世，立刻在创投圈引起骚动。大家除了对瑞典感到好奇之外，也被这位明星般的瑞日混血美女所吸引。

奥黛丽高雅的气质更为草根的创投圈加入更多的贵族血统。

由于奥黛丽和莎莎如影随形，只要有奥黛丽的地方就有莎莎，我屡次想约莎莎吃饭，都因看到奥黛丽的身影而打了退堂鼓。

恰巧当时两个混血同性恋女星林赛·罗韩和萨曼莎·罗森高调交往，我们也不禁怀疑奥黛丽和莎莎的关系，从此大伙就停止了对莎莎的性遐想。

有一次聚会，奥黛丽向大家介绍了她们的基金，基金的钱主要来自瑞典企业家族，他们把上市公司卖给了跨国集团，变现了20亿美元。其中5亿美元交给奥黛丽来管理，她想投资中国企业，行业不限。

显然地，奥黛丽没有科技背景，她只能关注互联网、消费转型及时尚领域。后来她投了几个品牌服装和食品饮料企业，这些都和我所感兴趣的领域不同。

所谓道不同不相为谋，由于在项目上没有交集，我们见面的机会也少了，对于她们把基金赔光的过程我也不太清楚。

有人说是企业家欺负她不懂中国，有人说是她水土不服。基金清算后奥黛丽返回瑞典，莎莎也返回香港，从此这对姐妹花就分道扬镳了。

再次遇到这对姐妹花已是2010年了，奥黛丽从瑞典带来了一系列的化妆品，据说是之前基金的金主所投资的，在北欧已经有几万人在使用了。

她们采用安利和如新的直销模式，在全国各地设立门店，举办各种讲座，吸引了一大批帅哥、美女，热火朝天的，我身边的朋友也都跃跃欲试。

很快她们就取得了初步的成功，奥黛丽又在原有的模式上创新，申请了小贷牌照，开展“金融 + 直销”业务，这应该是中国最早的“金融 +”模式。

到了2013年，正值北上广深的房价大幅起飞，房抵贷成为小贷企业的香饽饽，莎莎建议奥黛丽把所有的资金投入房抵贷业务，她们获得了可观的回报。

乘胜追击，莎莎找来互联网技术团队，升级房抵贷业务。除了使用自有资金投资之外，还透过互联网平台引进社会资本，进行一对一撮合。

为了推广新业务，她们利用原有的直销渠道，在全国各地招募理财经理，举办各种沙龙。她们给投资人年化10%的回报，给理财经理1%的提成。

2016 年我参加了她们的年度大会，容纳 1500 人的宴会厅座无虚席。台上是有着辉煌业绩的各区域经理，台下是她们筛选过的黄金级客户。激动之余，我也当场跟投了 100 万元。

会后，她们的业务也从房抵贷扩张到创投基金，还延伸到个人贷款业务。

后来我才知道她们算是“P2P”的先行者，高峰时期公司有 600 个网点，近两万名员工。为了加速扩张，她们把投资人的收益提升到年化 12%。

我曾经替她们算一笔账，她们一年的管理费用约五个亿，贷款额度是 150 亿，资金平衡点在 16% 左右。而当时她们的平均贷款利息高达 30%，坏账率还不到 3%，看起来整体利润还不错。

2017 年奥黛丽告诉我，瑞典有一个做干细胞的企业，成功推出一系列的创新药，除了抗癌免疫之外，还能让人变得年轻，她想并购这家企业，把产品引进中国市场，问我可否协助她招募基金团队，设立一只并购基金。

当时我不太了解干细胞，就没接招。后来她高薪聘请了有哈佛医学院背景的基金合伙人林得，设立了 30 亿元的并购基金，投资者大多是“P2P”的客户。

由于团队的专业性极高，基金的募集非常顺利。奥黛丽透过 ODI 把钱汇到瑞典，启动收购流程，她也回瑞典和被收购方进行一系列的谈判和签约手续。

2018 年初，国家开始整顿 P2P 企业，许多 P2P 企业的借款人都抵赖不还钱，她们公司竟然出现高达 40% 的坏账率。莎莎打电话给迟迟未归的奥黛丽，电话中奥黛丽显得十分惶恐。

不知道是奥黛丽原本就没打算回来，还是被莎莎的汇报所惊吓，她失联了。莎莎害怕了，身为公司二股东（也就 5%）的她实在没有退路，只能硬着头皮撑下去。

公司的现金正在快速地流失，面对众多举横幅、丢瓶子愤怒的投资人，她也一筹莫展。莎莎还算仗义，在公司最困难的时候，优先把我的 100 万元还给了我。

在我家小区里，每年 5 月都会看到洁白色的钟形小花，如风中摇曳的串串风铃，散发出朵朵清香。刚开始我以为是小百合，后来才知道是铃兰花。

铃兰是瑞典的国花，盛开时清丽、优雅，花落时的景象如同下雪一样，爱花者形容此景为“银白色的天堂”。

铃兰入秋时红果娇艳，鲜红的果实里暗藏毒汁，无法食用。

每次看到铃兰花就想起奥黛丽，她高贵的气质像是洁白的铃兰花瓣，其内心却犹如红色的铃兰果般藏毒。

她辜负了瑞典的金主，也坑了成千上万无知的中国投资人。

莎莎好似“银白色天堂”中凋零的落花，听说她被判了 8 年。

至于那个有哈佛医学院背景的基金合伙人林得，宛若是误食铃兰果的贪婪者，聪明一世，糊涂一时。

# 10. 女人的资本

温江位于成都西边，古称“柳城”，是4000多年前古蜀鱼凫王国发祥地，于西魏恭帝二年（公元555年）设温江县，距今已1467年。因其土地丰饶、百业兴盛，素有“金温江”（古人戏称“金温江、银郫县，叫花子出在双流县”）的美誉。2002年4月，温江并入成都市，成为成都中心城区的重要组成部分。

自古以来，川妹子就以能干闻名天下，她们在家多能撑起半边天。成都男人也因“耙耳朵”成名，他们对女人的宠爱体现在做家务、煮饭和言听计从上面。

小美出生于温江，一个传统的四川家庭，父亲在家煮饭、带娃，母亲在学校任教。姐姐小英大她两岁，从小和她形影不离，13岁时妈妈因胃癌去世后，父亲再娶。

姐姐和后母吵架后带着妹妹离家自立门户，父亲因软弱自顾不暇，只能任其发展。小美在学校的成绩一直很好，老师对她有极高的期许，也想重点栽培她，可她看到姐姐的辛苦，就选择了读中专，一边打工一边完成学业。

后来，小英嫁给她的发小，小美对姐夫不太满意，决定孤身去北京发展。在长途火车上，小美不慎遗失了皮包，里面有她的身份证和现金。到了北京，她只剩下口袋里的零钱了。她师兄来接站，没钱的她只能暂住在师兄的公寓里，他也成为她生命中的第一个男人。

当时她师兄在中关村卖盗版CD片，她发现把二手电脑拆解后当成新机卖更赚钱，每台电脑可以赚几千元。她就自立门户，也搬出了师兄的公寓。

有一天，她得知某美国通信企业要买10多台服务器，她对该公司做了充分了解后就直奔其高管办公室，谎称是其白人老板的朋友。她如愿地见到了老外，也如愿地成为他的情人，非但做成了生意，也入职了这家公司担任销售专员。

在任职期间，她和经销商深入合作，通过工程索取回扣，第一年就赚取了人生中的第一个一百万，贷款在北京给自己买了一套房。

当时欧美电信企业要想做运营商的生意都需要通过代理商来运作居间费用，所以他们的中国团队都能从中赚得盆满钵满，老外大多并不知情。

有一次某美国公司总部高管来华视察时发现贪腐的情况后很愤怒，把整个中国团队都炒掉了。没想到换了团队后当年的业绩挂零，只好再把原来的团队“请”回来，从此睁一只眼、闭一只眼。

所谓“水至清则无鱼”就是当时的江湖生态写照。小美赶上了这段好时光，三年内就为自己在北京买了两套房。

我认识小美是因为参加朋友举办的圣诞晚会，朋友让我去接她，说是我们工作单位离得很近。后来因地利之便，工作之余我们也常一起吃午餐。当时看她经常翻看段军华的《女人的资本》这本书，觉得有趣，也对怎么会有这样的书籍感到好奇。

翻阅了一下，也不得不佩服作者对女人和男人世界的了解，就像李宗吾的《厚黑学》一样深谙人性，只是我们对这样的见解和做法不敢苟同罢了。

小美说她对创投感兴趣，想多了解这个行业，我也自告奋勇当起她的老师。那时她也想创业，做了一个PPT，我尽可能地把她介绍给创投界的朋友，只是她的创业项目实在经不起推敲，最后只能不了了之。

当时的创投圈子不大，在北京只有30多家VC，包括中经合、IDG、华平、软银赛富、祥峰投资、联想投资等。我作为宏碁创投北京的代表经常会举办各种沙龙，让大家分享市场信息，并将自己的已投企业推介给同行，逐渐形成了一个以我为中心的小圈子。

小美经常参加我们的活动，她的美貌和开朗的性格获得大家的认可，很快就融入其中，成为焦点人物。后来我发现她居然和我的每一位朋友都私下交往，甚至还相约去度假，背后还会说我的坏话。我开始警惕起来，不再让她参加我的社交活动。

和她疏远的一年后，就听说她和我一位加拿大朋友交往，这位朋友家世显赫，在温哥华有个大庄园，只是他年纪已过花甲，我对他们的交往感到有些错愕。为了她我朋友和他老婆离婚，她也随他去了温哥华，开始移民的生活。

她让他把豪宅过户到她的名下，还怂恿她姐姐小英和姐夫离婚，离开成都和她一起移民加拿大。她们两姐妹在温哥华做起房屋中介，在华人圈也有了不错的口碑，她用豪宅贷款又买了几套房，开始穿梭于温哥华富商圈。

就在她拿到加拿大护照的那个月，她向先生提出了离婚请求，获得了一大笔财富。原来她和老公的侄子已经交往一段时间了，他侄子不但年富力强，而且更有钱，想必她老公会后悔让她参与自己的生活圈，后悔介绍他们认识。

二婚后她开始进入她老公的企业，试图开启中国业务。她也开始往返于加拿大和中国。每次回京她都会邀请老朋友吃饭，我则已前往深圳工作，只能从朋友处略闻一二。据说她整了容，鱼尾纹不见了，变得更美丽了。

后来听说她在北京设立了一家创投企业，用她和老公的钱做投资，主要投资和运营商合作的企业，也投了一些房地产企业。随着中国经济的快速发展，手机也从 3G 发展到 4G，她所投的企业大获全胜。随着北京房价大涨，她所买的物业也获得了丰厚的回报。

最后一次和她见面是在温江区政府的一次招商说明会，当时我在成都管理一个旅游地产基金，作为项目方我接待了小美等一行的潜在投资人。小美颇有荣归故里的情怀，书记和她攀亲带故，要她一定要为家乡做点事。

与她随行的还有她父亲和后母，她表示项目做成了就让后母来操盘：“我母亲来自书香门第，人品非常好，她办事我放心，相信她不会让大家失望的。”

看到她近 10 年来的华丽转变，除了对她刮目相看之外，又让我想起了《女人的资本》这本书，她应该算是这本书的忠诚信徒和笃实践行者。

所谓半部《论语》治天下，原来一本书对于一个人的影响可以是一辈子的。基于好奇，我在当当书店偷偷地买了一本。

这本书一定不能给我老婆看到，至于女儿嘛，到时候再说。

# 11. 漂泊的兰花

冠兰出生于一个小村庄，父亲早殁，母亲无力看养家里的五个女儿，就把年仅三岁的她送给远亲抚养。冠兰的养母家里有三个哥哥，因此他们对家里唯一的女孩非常照顾。

虽然养父母家也并不宽裕，假日冠兰需要帮养父母做塑胶花、雨伞等手工活贴补家用，但她从小就在养父母和哥哥们的呵护下成长。直到她哥哥初中毕业后陆续出海捕鱼，家中的物质条件才有了显著的改善。

在 20 世纪六七十年代，人们普遍重男轻女，为了生个男孩往往坚持不懈，为了讨吉利还把女儿名字取为“昭娣（招弟）、尹娣（引弟）、望君和婷妹（停妹）”，真的没招了就干脆把最后的女儿名字取为“茹兰（如男）、若兰（若男）或是冠兰（冠男）”。

然而，冠兰在学校里作自我介绍时都会说：“我叫冠兰，我未来的志愿就是争冠。”大家就不会将她的名字和性别挂钩了。

在那个年代，我的叔父也因为想要个男孩而养了 7 个女孩，号称七仙女（有位堂妹还被婶婶的妹妹认养），虽然愿望落空，后来也因女儿个个嫁得好而了无遗憾。当时也有些男人以要传宗接代为由离婚，当时在潮汕一带有过不少这种案例。

到现在招赘还是很盛行，富商们没有儿子继承家业会要求女婿冠自己的姓，所生下的孩子也跟随母姓。据说医学院的学生最容易受到富商的青睐，未来的岳父会支付所有的学费培养他们出国深造，条件是结婚时要入赘，而这一切都是为培养接班人做准备的。

冠兰很争气，顺利考上了一所大学的法文系。

大学四年，她勤工俭学、半工半读，没有向家里要过钱，同学们的聚餐她也鲜少参与，对于众多追求者更是视若无睹、避之不理。她毕业后终于如愿申请到巴黎高等师范学院，这是巴黎排名最高的大学。

由于高等教育在法国免费，冠兰只需要凑足旅费就可以出行。当然端盘子是留学生的标配，冠兰先后在几家餐馆打工，终于顺利完成学业。

我认识冠兰时她是我的供应商，她在一家电子零部件企业法国分公司担任销售经理。我问她凭她这么好的文凭怎么不去法国本土企业工作，她告诉我每年公司会让她回国开两次会，她可以顺道回去看看她的养父母和小侄女。

后来我才知道原来她和公司老板在约会，他是在她打工的中国餐馆认识她的。两人一见钟情，她情窦初开，对这个生命中第一个男人逆来顺受，当他邀请她到他们法国分公司工作时，她也毫不犹豫地答应了。

三年的时间里，她为这家小企业成功开拓了法国市场，我们几个华人进口商都非常支持她，她也为公司创造了巨额收益。她的刻苦和敬业精神从没让我们失望过，在市场最缺货的时候我们始终能提前获知、未雨绸缪，在市场降价时她也能预先给我们价格保护。

慢慢地，我们成为好朋友，无话不谈。她告诉我她最难过的事是她男友是有妇之夫，虽然他承诺会和老婆离婚，但却迟迟没有行动。由于是异地恋，他们也越来越陌生，每次触及敏感话题时就会争吵。

终于有一天他老婆找上门了，她告诉冠兰自己是公司的大股东，要冠兰立刻离职。她打电话给他，他表示无能为力，他的软弱说明了一切，于是这段孽缘也就无疾而终了。

一年后，在我快把这段八卦遗忘时，却在街边遇到她和她的新男友。她主动向我打招呼，我则为她找到新的幸福感到高兴。他是在她最低潮的时候走进她生命里的，当时他驾驶着一辆宝马敞篷车行驶在巴黎香榭丽舍大道上，看到她正在穿越马路时，他叫住她向她问路，然后比个手势让她上车引导。

这一切都发生得太快，在她还来不及反应时就发生了。当然爱情有时候就是来得这么突然，让人丝毫没有头绪。

可能我是她在巴黎最信任的朋友之一，她经常会告诉我她和男友之间所发生的事情。而我也尽可能地给她建议，在她失落的时候（她快乐的时候一般不会来找我）。

她告诉我他男友刚刚离婚，没有孩子，经常出差。当他出差时他们就只能单线联系，他可以打电话给她，她却不能回电，也不能问他在哪里。

这让我很好奇，我在想即便他出差两人也是可以联系的，不是吗？而且这种单线联系的背后是否隐藏了什么秘密呢？

他有时候会消失几周然后突然出现在她面前，问他去哪了他都避而不谈。他是那么名正言顺地操控着他俩的爱情，而这种被动却成为她永无止境的梦魇，让她陷入痛苦的深渊。我曾劝她离开他，她却舍不得那种相聚时的迷恋。是的，五星级豪华酒店、香槟和玫瑰是他给她的补偿。

每次见面时他总是那么浪漫，一如007电影中的情节：在沙滩上，他们恣意享受温暖的阳光；在城堡中，他们畅快地享受美食；在深夜中，他们彼此水乳交融。短暂的相聚伴随着的是无穷尽的美好回忆和离别的空虚，直到有一天……

“我怀疑他还和他的前妻在一起。”冠兰突然出现在我的面前，“昨天我忍不住打电话给他，他背后传来女人的声音，所以我怀疑他和前妻藕断丝连。”她告诉我她的怀疑。

我笑道：“你觉得是他去找他前妻，还是他根本就没有离婚呢？他编造了一个虚假的身份就能够把自己隐身起来，你不认为你很傻吗？”

在她还来不及质问他的时候，他就销声匿迹了。一如他出差时的情形，只是这次出差会很久，甚至是永远。于是，一个扑朔迷离的人像一阵风吹过来，又吹走了，留下的是一份虚伪的浪漫和被撕裂的纯真，于是那个追求纯真爱情的小女孩长大了。

冠兰终于告别了巴黎这个伤心之地，去了伦敦，开始了她新的生活。再见到她的时候她在我的老东家工作，负责苏格兰和爱尔兰的市场营销。

她的刻苦勤奋让她很快地又能快速打开市场，领导们对她赞誉有加，准备提升她为英国分公司总经理。可是她突然辞职了，说是要结婚了，她老公是法国人，想回法国定居。

原来，她未婚夫是伦敦一家酒吧的经理，负责做三明治，他的三明治做得很好吃，赢得了许多客户的赞誉。他想把三明治店开回法国，希望她能和他一起合伙。在爱情面前，冠兰总是奋不顾身，幸福地接受了男人的请求。他们在塞纳河边上租了一间小店铺，夫唱妇随地经营起英式三明治餐厅。

或许是法国人对食物的要求过高，三明治这种东西实在很难成为法国人餐桌上的一员。他们很快亏掉了所有积蓄，而此时他们的孩子却出生了。

幸好法国有失业金，他们虽然失败了也不至于流落街头。她一面收拾烂摊子，一面思索着如何东山再起。她提议他改开中国餐厅，由她来掌厨。于是她向娘家借了点钱，就在巴黎郊区开起一家中国餐厅。

巴黎华人多，法国人对中国菜也情有独钟，很快的他们的餐厅开始红火了，我也经常去捧场。看她忙上忙下，我劝她多请人手，她却笑笑说没问题她能搞定。

回国后我和冠兰就失去联系了，后来她加了我的脸书，我们才又开始通话，看到她晒她女儿和儿子的照片我也替她感到高兴。我每次去巴黎都会去他们餐厅吃饭，我的朋友去巴黎，她也非常热心地招待我的朋友。

去年新冠肺炎疫情肆虐，法国在所难免，许多餐厅都关门了，冠兰的餐厅也不能幸免。我也只能在北京默默地祈祷，希望坚强的她能平安无事。一年多过去了，疫情仍未消停，每次看到脸书上的她都会为他们夫妇担心。

最近，我在脸书上看到她和孩子去西班牙海边度假的照片，我和她打招呼，她告诉我她准备回国了，这是她在欧洲的最后一次度假。我问她："你老公能适应中国的生活吗？"她告诉我她离婚了，他把两个孩子都留给她，她想让孩子回去和爷爷、奶奶一起生活，自己可以就近开个咖啡馆。

她说她终于放下了，十几年来都是她在操心，为了追求一份完整的爱情她付出的实在太多了。“在巴萨罗那的海边我感到特别开心，好像又回到初来欧洲时的情景。”她边说边叹了口气。

这朵漂泊的兰花终于要回家了，我深深地为她祝福。

# 12. 乾坤大挪移

鄂尔多斯，蒙古语意为众多的宫殿，位于内蒙古自治区西南部，是一个居民以蒙古族为主的地级市，于秦始皇 26 年开始设立郡县。

一提到鄂尔多斯，许多人就会联想到，这是一个“扬眉吐气”的城市，因为这里盛产羊绒、煤炭、稀土和天然气，其煤炭储量占全国六分之一，经济发达。

苏志远生于鄂尔多斯的伊金霍洛旗，距巴音昌呼格草原上的成吉思汗陵不远。他从小就非常崇拜这位蒙古族的民族英雄，虽然他是个汉族人。

苏志远的父亲对他的教育非常严厉，他也养成了做事一丝不苟的习性。他母亲看到丈夫在教训儿子的时候都会心疼，也常出来打圆场。

当时总后交通运输部和一汽集团正在合作开发新一代吉普车，志远也参与了该项目，他负责对接零部件供货商。因业务需要，他经常出国考察外国厂家，主要是德国、法国、日本及韩国四个国家。

志远虽然有些背景，可他天生不够圆滑。他觉得自己一直在原地踏步，许多较他晚入职的同僚都已升迁，于是他动了下海的念头。

当时国内的银行运钞车都是从国外进口的，非常昂贵，志远在考察了各国的运钞车厂之后，发现了商机，他试图将国产货车改装为运钞车。

经过两年的努力，一台崭新的国产运钞车横空出世了，价格比进口运钞车要便宜一半，志远也顺利拿到第一个订单：40 辆运钞车，每台利润 30 万元。

后来，志远又改装了各式各样的保全车辆，也设立了自己的车辆组装线。

志远生意越做越大，心里却不踏实，主要是因为改装车的技术门槛太低，竞争对手不断地推陈出新，某些车种的价格甚至比他的还低了两成。

此时，刚好法国某品牌汽车来中国寻求代理商，志远觉得时机成熟。于是他动员关系，笼络了法国代表，顺利成为该品牌中国区的总代理。

志远从战略角度出发，以极具竞争力的价格将一款车型推向市场，取得了极大的成功，也为该车的国产化铺平了道路。一年后，志远向法方提议双方设立合资企业获批准，鄂尔多斯政府给了他许多扶持政策，包括土地、贷款和税收优惠。

法中合资公司终于设立了，双方股权均分，志远担任董事长，法方则委派了总经理和技术团队，负责车厂的总体运营。

随后，志远另找他的战友吴坤担任鄂尔多斯工厂厂长，也从一汽集团挖来车间主任，负责生产线的管理，无意间架空了法方总经理。

法方开始对于志远的强势作风感到担忧，同时判断中国市场只能接受低端的产品。因此他们决定不引进中高端车型，也不愿输出较为先进的生产技术。

当时德国公司的做法和法国公司截然不同，大众汽车公司认为中国市场潜力大，值得深耕，不但引进了中高端产品，还采用了最领先的生产技术将成本大幅压缩。

这样一来，志远的法国车就卖不动了，他费了九牛二虎之力才说服法方引进越野车。志远也做出让步，撤换了吴坤，改由法国厂长担纲。

这款越野车造型很酷，受到年轻人的青睐，志远的战略眼光确有独到之处。

但是，法国人并不满足于单一车型的成功，看到德国轿车快速蚕食中国市场也让他们非常心急。他们将问题归咎于志远，悄悄地和广汽谈判，密谋合作。

志远自知条件比不上广汽，他向法方妥协，希望法方退股后能将越野车系列仍然交由志远生产及销售，法方同意了。

从此一个新兴民族品牌 ×× 诞生了，志远找回吴坤，还延揽了曾在德国奔驰公司担任研发总监的林德文。德文去年才在德国退休，很想回国发展。

德文开始启动汽车发动机及变速箱的研发，也从德国引进相关研发人才。

为了筹措资金，志远巧立名目，打着民族品牌的大旗，在各地立项设立汽车产业园区。政府除了给他土地外，也给他现金奖励和税收优惠。

他再将买来的设备抵押贷款，以融资租赁模式将初始投资套现回来。这相当于空手套了一个汽车厂，汽车厂生产之后还可以再向银行申请流动资金贷款。

然后，他还将产业园区里的住宅配套土地变现，获得可观的收益。

在以上的过程中，志远发现资本运作远比汽车制造收益更高。他开始申请金融租赁牌照和汽车租赁牌照，基于当时政府正大力扶持本土汽车工业，志远很顺利地取得各类相关金融牌照，为他日后的资本运作奠定了基础。

可是，人一分心，本业就会受到影响。志远的新厂落成之后销量并没有提升，也因为缺乏新的车种，营业额大幅下降。

就在志远一筹莫展时，他结识了资本运作高手杨国民。杨总重金押注林德文在德国的变速箱团队，经过一年的研发，第一只国产变速箱终于下线了。

这又给志远喘息的机会，他的车厂开始采购自己的变速箱，虽然质量还比不上进口品牌，却能从业务上支撑他的变速箱厂快速放量。这样一来，他的变速箱厂又能向银行贷款，获得可观的现金流。

志远食髓知味，他陆续向政府立项，分别设立了发动机厂和车桥厂，一面做研发，一面设厂。据说在最后关头都能把产品如期研发出来并投产，即使这些都是过气产品，也还能勉强一用。

林德文的能量实在太大了，他和德国汽车零部件的核心技术团队几乎都有联系，其退休人员纷纷成为志远的顾问，能快速复制过去的研发成果。

这时如果志远能够定下心来把产品做好，他的汽车帝国肯定不会输给二线国产汽车品牌，无奈他已沉浸在资本世界的宏伟蓝图里，很难自拔。

杨国民是志远的忠实战友，他建议志远买下整车上市公司，不仅可以扩大他的零部件厂的销路，未来还可以将他的整个汽车王国都装进上市公司。

杨国民给志远推荐了一家整车厂 YY，其大股东患有癌症想将公司卖掉。公司在卡车领域非常知名，获得了地方政府的订单支持，志远快速出手了。

他把能筹到的资金都用于购买大股东所有的 YY 股票，同时把买进的股票都质押给券商进行融资。交割后志远的流动资金仍然十分充裕，他不得不佩服杨国民的资本运作手法。

不料，此时有家投行发现 YY 的业绩大幅下滑，怀疑他们做假账，开始做空 YY。YY 的股价应声下跌了 60%，券商要求志远补仓，否则要强行平仓。

志远开始慌了，他透过关联企业互相做大交易量，再透过供应链贷款来获得额外的现金流。供应链融资是个苦活，他的财务部一度成为人数最多的部门。

期间，志远也找过我帮忙，想透过银行间市场交易商协会平台来发债。深入了解后，我发现其中的关联交易严重，很难获批，也就放弃了。

志远最终还是透过他的金融租赁公司，设计复杂的交易结构将问题解决了。

记得金庸小说《倚天屠龙记》中张无忌因修炼“乾坤大挪移”功法而达到武林最高境界。此功分 7 层境界，第一层需 7 年，第 2 层加倍，以后越发困难，秘籍作者本人只练至第 6 层，张无忌能习至第 7 层，实是古往今来第一人。

我感觉志远在这方面的功力绝不逊于张无忌。

最近，听说志远又开始造新车了，这次他打算生产新能源汽车。

他已从美国挖来特斯拉技术团队，要用“乾坤大挪移”功法和马斯克一较高下。

且让我们拭目以待。

# 13. 忘年之交

旧上海有英租界、美租界和法租界，后来英、法租界合并为公共租界。法租界位于原卢湾和徐汇两区内的狭长的区域，延伸到黄浦区金陵东路及中山东二路一带。

法租界是旧上海最高级的住宅区，建筑风格与万里之外的巴黎雷同，旧上海因而获得“东方巴黎”的美誉。老一辈上海人常把法租界誉为“上只角”，形容是精致生活的代表。

林强是我北科大同班同学，他父亲诞生于法租界，西南联大毕业后参军，后在上市公司任总经理。同学之中，林强属于家境最富裕的了。

林强的父亲常讲述小时候在繁华十里洋场里发生的故事，包括位于法国梧桐树旁的豪华大洋房和黄昏下绮丽的街道，法国人的浪漫以及他们对中国孩子的爱心资助，等等。这对日后的我先后去巴黎和上海生活也造成了一定的影响。

当时我成立了诗社，林强是创始人之一，我们经常研究国学、诗词和哲学。林强的文学功底很好，很难相信他在中学时只读过《西游记》这部文学作品，他把书读了一遍又一遍，前后有 34 遍之多。

后来我总结，其实任何一部文学巨作都是集作者毕生之心血的，如果能熟读并融会贯通，其文学底蕴也不会输给那些博览群书的人。我的英文功底就得益于背课文，只要能熟背 10 多篇文章，在英文写作时必能得心应手。

为了弥补我和林强在西洋文学作品上的不足，我们经常去学校图书馆看书。当时比较流行的是存在主义哲学、诺贝尔奖得主的作品以及美国当代流行小说。

当时好莱坞电影获得了年轻人的共鸣，也是我们练习语言的良方。

我们也喜欢古典音乐，林强父亲为他买了一台非常昂贵的音响。当时还是黑胶唱片的时代，我们经常去福茂唱片挑选喜欢的唱片，到现在我对古典音乐的认知与爱好也是在那个时期培养起来的。

后来，我转而听民歌和摇滚，和班上另外几位同学经常去西餐厅，当时李宗盛等歌手都曾在西餐厅驻唱过，林强则一直坚持无丝竹之乱耳的古典音乐生活。

除了麻将外，林强的桥艺也非常好，我经常和班上同学组队参加跨校的桥牌比赛，获得不少奖项，也认识了许多校花。

林强比较木讷，在美女面前大多沉默寡言。为了不冷场，我只能使出浑身解数，事实证明我们都不是社交能手，毕业时我们在感情上也都交了白卷。

暑假时，林强经常出国旅游，囊中羞涩的我只能去打工赚钱。当时房地产市场处于腾飞阶段，我也借势成立了专为房地产企业服务的广告公司。班上同学都来公司帮忙，我也赚了点外快，但是我和林强的沟通却变少了。

倒是林强的父亲常会请我吃饭，找我聊天。言谈中他一直夸赞我的生意头脑，还提起他在上海的往事。当时他是瞒着家人去从军的，这些年来一直没有父母的消息，成为他这辈子最大的遗憾。

看他说话激动的样子，我对他有了较深刻的理解。

林伯伯经常勉励我，说他有一个大学同学很像我，很有生意头脑。

毕业后我们都去当兵了，无聊时我们经常会互通信件。

有一次我正在读鹿桥的《未央歌》，被书中男女主角之间纯真的感情深深感动。他回信告诉我这本书的核心精神不在于爱情，而在于这群师生在抗战时期所扮演的知识传承角色。我立即重读一遍，也慢慢能体会作者的深意。

当时的西南联大汇集了全国最优秀的师资和学生，学校常委会包括南开大学校长张伯苓、清华大学校长梅贻琦和北京大学校长蒋梦麟，知名教授包括胡适、朱自清、罗常培、杨振声、闻一多等文学巨擘，培养了邓稼先、朱光亚、杨振宁、李政道等一批优秀人才。

我突然想起林伯伯也是个高才生，我通过《未央歌》对林伯伯和那个年代的青年有了更多的认识。

退伍后我直接投入工作，林强去美国深造，取得了西弗吉尼亚大学工程博士学位。那时候我们班上有一半的同学都读研，在美国读书的同学也有十多个。

迄今我们同班同学主要分布在中国、美国，同学聚会都要有合适的时机才能基本凑齐。由于学校有百年历史，校友遍布全球，这也为后进毕业生提供了许多便利，林强在美国时也获得了学长的提携。

林强毕业之后就在诺基亚位于南加州圣迭戈的研发中心工作，他主攻影像处理，当时的手机还处于 2G、3G 时代，诺基亚是个中翘楚。

后来，诺基亚快不行的时候我还很担心他，没想到他先知先觉，提前一年就去了高通公司。高通公司的总部在圣迭戈，主要提供 CDMA 标准和其系统芯片。

圣迭戈位于美墨边境，是加州经济第三强的城市，产业规模仅次于洛杉矶和旧金山。圣迭戈拥有发达的通信工业和生物制药产业，除了高通公司之外，辉瑞、诺华、安进等国际生物制药集团也在此设立总部或分公司。

2004 年我去美国出差时在林强家住了三晚，他和夫人热情地接待了我，还带我一起去参观了海洋世界和乐高主题乐园。圣迭戈地处沙漠海洋性气候带，路旁可以看到许多仙人掌。

林强夫人是他小学同学，他是在退伍后的同学会里和她重逢的。她主动约他，他们就开始交往，没多久就结婚了，然后一起来到美国。

中国是高通公司的主要市场之一，林强经常需要回中国出差，他每次来我都会排除万难，设法安排和他在某个城市见面。见面时他会将最新的手机及芯片的产品进度和发展趋势分享与我，也为从事高科技创投的我指明了投资方向。

几年前他突然取消了去上海的行程，说是要回家参加他父亲的葬礼，我也连忙预订机票。

在灵堂里，看到林伯伯和蔼的遗容，想起他对我说过的话，感触万千。林强母亲告诉我，林伯伯一直对我期望很高，始终相信我会有所成就。

每次我经过上海华山路时都会想起林伯伯小时候的样子。自始至终他都没有打听到父母的消息，也许他们能在天上重逢。

多年来，这一份忘年之交一直留在我心底，成为一种鞭策自己的力量。但愿自己能始终不辜负林伯伯的期望，也感谢他为我指明了方向。

# 14. 压不扁的玫瑰

牡丹江市，别称雪城，公元705年，粟末靺鞨族首领大祚荣以牡丹江上游为根据地，受招唐朝改国号为“渤海”。渤海国强盛时期设五京、十五府、六十二州，疆域包括今吉林省、黑龙江省的大部，辽宁省少部，俄罗斯滨海地区，以及朝鲜咸镜北道、两江道、慈江道及平安北道的一部分。

丹丹出生于牡丹江市，父母都在部队里工作。丹丹自小就和其他孩子不一样，不服输的个性让她一切都要做得比别人好：她学游泳时可以在水里闭气长达五分钟，有时大人们还以为她出事了急忙下水查看；学滑冰时她把自己全身摔了个遍，终于拿到全班速滑冠军；考试前她可以连续几晚不睡觉。

丹丹的母亲很担心她，不是因为怕她劳累，而是担心她要强的个性。

由于父亲反对，丹丹虽然考取了北京的学校，但还是选择了离家较近的东北师范大学。东北师范大学位于长春，是全国重点大学，父母亲希望她学成后能按照他们的安排到部队工作。

可丹丹志不在此，她希望能走自己的路，她老师也鼓励她出国。黑龙江一直是人才流失大省，好的人才毕业后大部分去北上广深工作，优秀的人才则选择继续出国深造。

在老师的悉心辅导下，丹丹大学毕业时顺利拿到美国哥伦比亚大学的录取通知书，还申请到和学费相等的奖学金。父亲得知她的决定后非常震怒，停止给她生活费。还是她母亲偷偷汇给她一笔钱，她才得以成行。

其实，去美国一直是她儿时的梦想，当她看完电影《华尔街》后更坚定了自己的理想。她憧憬曼哈顿的高楼大厦，以及那里的灯红酒绿，更重要的是华尔街里有数不完的钞票。带着满满的好奇，她觉得自己的未来只属于纽约。

虽然有奖学金，买完机票和出国用品，到了学校她身上只剩下 300 美元。由于没申请宿舍，为了省钱，她用 200 美元买了一辆老轿车（基本不太能开），停在学校停车场，在车上睡了一个月，那期间洗澡就靠偷偷潜进女生宿舍解决。

有一次教授晚上加班到深夜回家时，发现她在停车场，和她打招呼："这么晚你还没走啊！"她苦笑了一下，说："我刚刚查完资料，马上就走。"后来她每次提起这段经历都会掉泪，那应该是她求学过程中最艰苦的一段经历。

她读的是软件编程，班上有位韩裔男孩成绩非常好，特别引起她的注意。但是有一位日裔女同学也在追他。为了接近他，她悄悄选修了学校韩语课程，在学校圣诞晚会时向他表达爱意。这是她第一次主动向男人投怀送抱，所谓女追男隔层纱，他成了她的第一个猎物，也为她省下了一大笔房租费用。

这段恋情维系得非常辛苦，因为双方的语言文化差异极大，韩国人特有的大男子主义也让她吃不消。有时在深夜里男孩会带着一身酒气回到家里，满嘴大蒜味；有时半夜里男孩还会打电话回国，和其他韩国女孩说说笑笑，她也只略略听懂一二。为了省房租，这同床异梦的生活竟也一直延续到她生命中第二个男人的出现。

她的确很有眼光，或者说在哥伦比亚这种一流大学里也是人才济济，稍微做点功课就会发现整个纽约城"没有最优秀，只有更优秀"。她打听到工商管理学院有一个帅哥 Jeff，中文很溜，很喜欢中国文化，刚和女朋友分手。

Jeff 来自金融世家，父亲是纽约某银行的副总裁。她送给他一套茶具，向他介绍了中国的茶道。对中国历史文化非常向往的他对这位来自中国东北的女孩印象深刻，她非但美丽聪慧，而且风趣大方，Jeff 喝着她泡的茶，心里暖滋滋的。

后来我能认识丹丹也是经 Jeff 介绍的，Jeff 告诉我他从来没有对一个女孩这么痴迷过："She is really wonderful！"

在这对佳偶交往时，Jeff带着丹丹重新认识纽约，介绍了许多金融界的朋友给她，还在她快毕业时帮她找了一份不错的工作。

丹丹工作后他们开始谈婚论嫁，他送给她一颗鸽子蛋（两克拉的钻戒）作为订婚礼物。

后来发生的事情就有点不可思议了，Jeff告诉我有一天她突然消失了，他问了所有的朋友都不知道她的去向，包括她公司同事。他报了警，警察告诉Jeff她出国了，让他不必担心。可Jeff百思不解，为何她要不辞而别？

几周后她回来了，带着全身的疲惫和失意。在他的追问下她向他坦白，她承认是去了香港，为了她一直暗恋的对象Peter。Peter是某大投行的合伙人，曾是她大学时的客座教授，常住香港。

Peter来总部开会并参加论坛，她也在论坛上，他们一起度过了美丽的下午茶时光，又在百老汇品尝了上等牛排大餐。当她得知他第二天就要回香港时立刻预订了同一班飞机，要趁机向他表白。可惜邓文迪的那一幕并没有出现，也许是Peter还不够老，或是丹丹不够漂亮？他委婉地拒绝了丹丹的爱意。

下飞机后他为她在香港安排了酒店，和她做深入的沟通，也善意地指出适合她的人生方向，出于一位老师对学生的关爱。可丹丹不是一个轻易放弃的人，她漫步在香港街头，尝试了各种方法，想改变他对她的看法，终究无能为力，在心力交瘁后她也只能放弃。

她对Jeff的坦白就像一颗原子弹在他的心中炸开了，他们和平分手了。她搬去华盛顿DC投靠她的师姐，加盟她师姐的咨询公司。美国的咨询公司薪酬都很高，专门提供企业各种业务管理工具和专业顾问服务。而丹丹负责的是人力资源这块业务，主要靠企业独创的软件模块，能快速有效提升企业跨部门、跨地域的人力资源管理效率，包括组织架构、人员招聘、专业培训和业绩考核等。

两年后，根据当时Peter的建议，丹丹回国创业，她将公司的产品中文化，并招聘一批非常优秀的员工。然而，两年下来丹丹的业务一直没有起色，看起来中国企业只认品牌，不太能接受新创企业所提供的咨询产品。

就在丹丹准备收拾残局回美国的时候，Jeff 出现了。原来他一直在默默地关注她。他动用了父亲的人脉整合了上海一家知名的人力资源企业，并增资丹丹的企业。她得救了，那些过去一直持观望态度的客户开始和她合作了，她的公司从 10 个人扩张到 100 多人，在全国各地都设立了分公司。她向投资人承诺三年内公司就会股票上市。

我是在那时候认识丹丹的，曾介绍一些创投界的朋友给她认识。

原本我以为 Jeff 和丹丹终于可以修得正果了，此时却有一个法国男人 Mark 闯入丹丹的心。Mark 长得非常像 Peter，他是某奢侈品牌的老板。Mark 大幅增资丹丹的企业，成为控股股东，为她站台，许多法国在华企业纷纷成为丹丹的新客户。

然而，由于大儿子的反对，Mark 始终没有下定决心和丹丹结婚，即使两人已基本形影不离了。这段时间丹丹和 Mark 定期往返于中法两国：一个月住在法国的城堡里，一个月住在上海的别墅中。丹丹的业务团队更强了，业绩也翻了好几番，看起来公司能如期股票上市，这样一来所有投资人都会受益。

然而，天有不测风云，有一天 Jeff 告诉我 Mark 因车祸去世了，而他的大儿子将城堡收回，连带也把丹丹的公司接管了。他虽有点幸灾乐祸，却为丹丹操尽了心。他不断地安慰她，告诉她能为她做任何事。

多重的打击让她重新审视自己，她醒悟过来了。在过去的人生道路上她总是不断地求好，企图做自己命运的主人，在感情和事业上如此，在生活上也是如此。她不断地前进却从不设防，她的自信带给她勇气，却没有带给她成功。

她去了印度，就像当年乔布斯透过冥想来解放自己一样，她参悟了自己的前世今生；她去了非洲，设立了一只慈善基金，帮助当地的孤儿，并领养了一个小孩。

再看到她时已是 3 年之后了，Jeff 带着怀孕的她来北京找我。他在她的慈善基金工作，成为她的最佳拍档。

爱国作家杨逵曾被誉为“压不扁的玫瑰”，相信丹丹也属于此类人。

在生命中他们从不迷惘，不顾旁人的眼光，坚定地做自己。

Jeff 则是默默呵护玫瑰的园丁，一如泰戈尔诗集中那个卑微的爱情守候者。

# 15. 一代拳王

圣克拉拉（Santa Clara）位于金山湾区南部，与圣何塞、森尼韦尔等市相邻。圣克拉拉是硅谷的重要城市之一，许多高科技企业诸如英特尔、升阳、NVIDIA 的总部都位于该市，亚裔人数在这个城市占到 30%。

任正出生于北京，父亲曾任某部队大队长，从小他家就在“大院”里面。当时的“北京大院”自成体系，依山而建、高墙围绕。

“大院”的门口都有卫兵轮班把守，门外偏僻荒凉，门内的设施却样样俱全，包括花园、步道、机动车道和自行车道，还有专门的办公区域、生活设施、幼儿园、小学、食堂、医院等，能满足居民的生活、教育以及医疗需求。

任正从小成绩优异，高分考入清华大学，成为街坊的标杆。

清华大学电子系毕业后，任正获得了约翰霍普金斯大学的全额奖学金，远赴美国马里兰州巴尔的摩市深造。他选择了当时最热门的无线通信传输领域，只用了四年的时间就取得了电子工程硕士和博士学位。

毕业后，任正毫不犹豫地迈向硅谷，加入由斯坦福团队创立的芯片公司，负责基站芯片产品的研发。但公司不到 20 人，他经常要加班到深夜。

原本以为产品成功推向市场后，大家就可以过上好日子，可产品成功不久，公司的创始人竟罔顾团队的利益，将公司低价出售了。

任正愤而出走，加入另一个新创企业担任首席科学家，管理一个 50 人的研发团队。公司致力于高速模拟和混合信号的芯片设计工作，他开始钻研有线网路的高速传输，他研发的芯片的传输距离是其他芯片的十多倍。

没想到的是，历史竟然重演，这家公司又被出售了。在硅谷，投资高科技企业的主要出路是股票上市，或是出售。

如果创业团队所持的公司股份比例太少，就只能任凭投资者摆布。在创业的过程中，每家企业均需经过几轮的融资，创始人要想一直控股，也不是那么容易。

任正二度受挫后，决定回国看看，这一看把终身大事也解决了。硅谷繁忙的生活步调使他实在没空约会，母亲几次催促着，让他回国相亲。

在北京，任母给他安排了几轮相亲，他心里虽有点排斥也拗不过坚决的母亲，只好先应付着，不抱太大希望。

没想到第一位就雀屏中选。她北大毕业，在芝加哥大学读了两年 MBA 后回国发展，人长得玲珑、可爱，性情也温和、体贴，是他设想中的目标对象。

任正的第二个收获就是和他清大的同班同学刘大勇重逢。大勇在大学毕业后留校继续读研，获得了硕士和博士学位。他们重逢时大勇在中科院的半导体研究机构做基础研究，注册了多项专利。

2002 年，中国半导体行业处于起飞阶段，上海陆续引进半导体专家，要设立芯片制造厂，硅谷专业人才也纷纷回国创业。他们经常会找回老同学合作，当时我们宏碁创投所投资的展讯通信就是土洋结合，获得了极大的成功。

看到展讯通信的顺利融资，任正受到鼓舞，他邀请刘大勇一起出来创业，他要延续在前一家公司所做的传输芯片。事实上他已经将第二代产品做出来了，性能更加优异。

说干就干，任正带着大勇和新娘万婧回到硅谷，成立了数模半导体公司。他们很快地就获得了创投的资金，设立了以清华校友为主的研发团队。经过两年的努力，产品终于顺利流片，还拿到了华为的订单。

此时，他们开始筹备 B 轮的融资。一般而言 B 轮的投资人会比较注重产品的变现和业绩的成长速度，可是数模公司的产品市场规模不大，当时华为的服务器尚未放量，数模公司的市场总容量只有几千万美元，这也是技术先行者的痛苦。

换作是现在就完全不同了，数据中心市场巨大，直接提高了通信传输芯片的市场规模。前年我们就投资了一家近似企业，上市后市值高达 15 亿美元。

几经波折，数模公司终于获得了三家创投基金的认可，他们的投资条件是公司要重新规划产品，设立中国研发及销售团队，发展亚洲市场。

我也是在他们 B 轮的时候和任正认识的，当时我去硅谷拜访宏碁创投美国的管理合伙人，顺道去圣克拉拉参观数模公司。

那是我第一次接触硅谷的芯片设计企业，和任正及大勇交流之后感觉团队非常优秀，潜力无穷。我告诉他公司需要另外找目标市场，如果想在中国研发销售，芯片的单价不应超过 10 美元，他们现在的产品单价 60 美元，市场规模非常小。

看来所有的投资人关注的都是短期目标。他们也虚心接受了我们的建议，决定开发 HDMI 芯片，认为 HDMI 将成为电视机市场的主流标准。

任正开始着手北京研发队伍的建设，他想起大院的发小陈建国，聘请他担任中国公司总经理。建国的工作效率非常高，两个月就把研发人员配齐了。

只用了一年半的时间，HDMI 芯片就开发出来了。基于过去做大型芯片的技术基础，他们的芯片性能要比竞争对手优越许多。

逐渐地，HDMI 成为市场的主流标准，数模公司陆续收到 TCL、创维、三星等大客户的订单，业绩开始放量，公司也顺利完成了 C 轮的融资。

此时，数模公司却被竞争对手告上美国加州联邦法院，指控它涉嫌侵犯其版权、盗用其商业秘密以及从事非法、不公平而且带有欺骗性的商业行为。

数模公司不得不聘请加州知名律师积极应诉，对所有指控一一否认。“这是生存之战。”任正后来回忆道。此时竞争对手还提出要高价收购数模公司，鉴于任正在前一家公司的切肤之痛，他果断地拒绝了，他必须为团队着想。

官司共打了两年，最后以数模公司胜诉告终。这场官司大大影响了员工士气，公司流失了不少人才，也耽误了新产品的研发进度。

10 年过去了，有一天陈建国突然来找我，说数模公司正在开展新一轮的融资，问我感不感兴趣？我感到非常纳闷，问他：“公司不是已经股票上市了吗？怎么还需要找创投融资？”

建国告诉我，公司在纳斯达克上市后股价一直不好，业绩虽然不错，新的产品却一直没推出，公司内部也开始出现多种声音，难以协同。

后来公司开始考虑私有化，恰逢当时纳斯达克的中概股都严重被低估，私有化回国上市成为资本市场的热潮，这也许是数模公司脱胎换骨的契机。

不久，有一家国有企业对他们提出要约收购，开价颇高。此次私有化让任正、刘大勇、陈建国等人都实现了财富自由，他们在公司只留下百分之五的股权。

公司私有化以后新的管理层开始进驻，任正退居二线，担任公司的技术顾问。新的控股股东雄心勃勃，想把公司推向创业板。

不料事与愿违，中国证监会终止了数模公司股票在创业板上市的审查，当时收购他们的国有企业也因此发生财务危机，他们提出要转科创板上市，进行融资。

我告诉大勇：“你们既然已经把公司卖了，最好就全身而退，不要再拉创投下水了，谁都能看出数模公司已日薄西山，还不如一家新成立的芯片企业有活力。”

我经常形容那些一炮而红的芯片公司为“一代拳王”，他们因眼光独具，适时抓对商机而迅速蹿起，成为市场的宠儿。却因志得意满、故步自封、后继乏力而被迫退出舞台。

任正能急流勇退，虽有运气的成分，更重要的是他能判断时势。

当时数模公司已在走下坡路，江郎才尽，任谁都无法逆转。

只有外围看热闹的人傻乎乎地后知后觉，以为捡到宝，并购后才发现，高价买来的只是一纸过气的拳王证书。

商海浮沉，多少个“一代拳王”曾引领风骚，或是成为首富，或是成为行业领袖。他们在一片掌声中膨胀自己，放纵自己。

当新的拳王出现时，他们还沉迷于过往，声嘶力竭地呐喊。

直到一拳打下来，倒地之前才猛然醒悟，然而这一切都已太迟。

# 16. 一代天骄

揭阳市，别称“岭南水城”，是广东潮汕四市之一。揭阳是潮汕文化重要的发源地和兴盛地，它是全国著名的华侨之乡，海外侨胞和外出乡贤近600万人，遍居世界各地。

揭阳也是广东最古老的县份之一，秦始皇三十三年（公元前214年）设揭阳县，属南海郡。

黄公生于揭阳惠来县，父亲去世得早，母亲身兼父职，辛苦抚养他们五兄弟和大姐，家教甚严。有一次他跌倒了，望着妈妈，妈妈远远看着他说：“跌倒了要自己爬起来。”这句话让他记了一辈子。

小学毕业之后，黄公去投靠他小舅，他小舅在国营猪肉公司担任主任。当时买肉都需要肉票，肉价全国统一，他则负责切肉。而切肉的活最难干，切多了要自己贴钱，切少了老百姓则不干。

黄公切了三个月的肉之后，他问小舅可否自己在旁边也开个猪肉档，也替小舅分劳解忧。小舅觉得他发疯了：“小黄，你知道吗？肉价是国家定的，你可不能加价噢！这种无利可图的事情还是别做的好。”

“小舅，这些我都知道，您放心，您不必折价卖给我，只要能让我按月和您结算就行。”他小舅拗不过他，也就答应了，他倒要看看他葫芦里到底卖什么药。

黄公一周内就把店铺开好了，他非但不加价，还在切肉时给客户多加了百分之五的量，一下子他小舅的客人都转过来向他买，他立刻拥有数万元的肉款，他把这些钱拿去进口电器用品（进口配额倒卖），转手间赚了20%。

一个月能倒三四次，一年后他就成了百万富翁。

黄公越做越大，甚至把整个辽宁省的电器配额都垄断了。他进口的家电款式新颖又便宜，那时候很多的官二代都慕名而来，找他合作。

后来，黄公觉得钱赚够了，见好就收。他去了香港，跟着香港的潮汕人一起投资做房地产生意。1994 年他以香港富商的身份，回国投资。政府给了他一块核心土地，让他建设城市综合体。

黄公把弟弟们都叫到深圳来，和他们一起做房地产。当时深圳的地价很便宜，富商往往可以“空手套白狼”。他一口气摘了五块地，每个弟弟管一块。他则专注于城市综合体的建设开发，以“持有”模式运营。

为了筹措资金，他和五大行的分行行长交朋友，聘用他们的亲戚担任公司高管。政府也给了他很多优惠政策，税收能延则延、能免则免。

他找来新加坡顶级设计师，用当时还没有人敢用的黑色玻璃幕墙。这种幕墙的特点是节能、减少光害，但材料需要从日本进口。每一块玻璃幕墙都有编号，破损时也可以很快地定制更换。

没过多久，黄公在深圳投资的项目出问题了，他也只好暂时回香港。他几个弟弟的项目倒是没有受到波及，为了不牵扯到弟弟们，他很慷慨地把项目产权都过户给他们，一人一个。

出国期间他走访了美国各大城市，调研当地的房地产市场，也掌握了美国各大城市的综合体以及住宅的规划设计。这期间始终有一个女人不离不弃，直到他落难了还一直守着他，后来还为他生了一个儿子。

两年后，深圳市政府让他务必回国完成城市综合体的建设：“你们这个项目太重要了，可千万不要成为一个烂尾项目。”他回国后将设计图纸重新优化了一下，让大家耳目一新，同行都对他刮目相看，项目建成后也成为深圳的地标建筑之一。

他几个弟弟的项目也开始销售了，老六的项目最赚钱，后来他发展商业地产，成为全国知名的百货大王。老五也不差，他又在市中心拿了一块高尔夫用地，盖了高档别墅。当时潮汕帮在深圳呼风唤雨，主要靠房地产和外贸。

我和黄公结缘是在我儿子的满月酒会上，他也来捧场。第二天我就决定帮他推动香港控股公司的股票上市，他们找的团队干了两年多一直在原地踏步。

金融一直是黄公的梦想，许多香港富商也都是靠着娴熟的资本运作手法，而奠定其家族财富基础的。他开始设立投资基金，业务遍及金融、贸易、酒店、商场、住宅、港口等。房地产开发项目也从深圳遍布广东、迈向全国。

2009 年黄公被胡润评为财富百强，他两个弟弟也都入榜。他们一度成为深圳最富有的家族（想必大家都知道黄公是谁了）。

除了深圳、上海和北京之外，黄公最向往的地方是内蒙古，他想纵情于无边无际的大草原。他崇拜蒙古帝国的开创者成吉思汗，欣赏他的豪情壮志。有一次看到蒙古包里成吉思汗的图像，我觉得他们长得有点像。

随后，他在元上都遗址（正蓝旗）开发了一些旅游地产项目，也在中、俄、蒙边界城市满洲里投资了旅游和物流项目。这些项目都不赚钱，他也满不在乎。

除了拉菲和路易十三，黄公也喜欢白酒。仁怀市书记邀请他到茅台镇投资，他拍了一块地，开发城市综合体，还买了一个酒厂。

他乐善好施，从电视上看到有穷苦孩子需要救济，他往往第一时间出手相助。四川汶川地震时他更不落人后地捐了上亿元，还亲自组团去灾区慰问灾民。

黄公在落后地区建设希望小学，有一回我随他去大凉山州贫困县里的希望小学参加落成典礼。我笑问学生最大的愿望是什么，他们说希望每周都能吃到肉。原来对于穷困地区的孩子来说，每月能吃到一次肉就是奢望了。黄公听到后立即捐助大笔款项，在当地创造就业机会，他不仅授人以鱼，也授人以渔。

这也体现在礼贤下士上，黄公从没有解雇过员工，对离职员工及老朋友也很念旧情。当他知道我有困难时还主动汇了一笔钱给我，我给他打借条他也不要，他不需要我还，只勉励我在条件允许时也能去帮助需要的人。

那些曾经有恩于他的人就更不必说了，他们退休后都得到他妥善的照顾，他们的孩子遇到困难时也都来找他。

黄公是我遇到少数几个最受尊敬的潮汕老板之一，也是迄今为止仍屹立不倒的企业家。去年我查看了一下，他仍出现在胡润百富排行榜里。

至于那些曾经叱咤风云的潮汕大佬大多起起伏伏，其中有些人赌性大发，公司易主；有些人操纵股价，身陷囹圄；有些人则盲目扩张，债台高筑。

黄公兄弟们在他这位大哥的人格感召下，个个都恪守本分、稳步发展，回馈社会、造福乡里。

和“只识弯弓射大雕”的一代天骄不同的是，黄公心系穷苦、普惠众生。

# 17. 友谊地久天长

义县位于辽宁省锦州市北部，西汉（公元前 202 ~ 公元 8 年）在义县境内始设交黎县，为辽西郡东部都尉治所。东汉（公元 25 ~ 220 年）改为昌黎县，属辽东属国。

吉米是义县人，因武术专业考入了人民大学（特长生），毕业后在北京落了户。我和东北人的结缘就是从吉米开始的，当时我刚被派来北京工作，吉米算是我的首都领路人之一。

当时，吉米在北京已买了七个商铺（花了一个亿）。他告诉我他前女友是官二代，他们一起合作的项目让他赚到了第一桶金，当时他才 25 岁。

那时我们同时交了新女友，晚上两对情侣经常一起活动，还会邀请其他朋友，吉米带我们四处尝鲜，也走遍了京城的 KTV、迪斯科舞厅和酒吧。

吉米非常慷慨，常一掷千金而面不改色，只要他在，其他人鲜少买单。吉米的朋友很多，官二代、企业家、演员、歌手都有，美女帅哥齐聚一堂，好不热闹。

北京的夜生活非常丰富，三里屯酒吧、什刹海的餐饮街、簋街，令人眼花缭乱。灯红酒绿的生活在不知不觉中延续了三四年，直到我去深圳开展新的事业，才告别了这段年少轻狂的岁月。

离开北京，我和女友因异地恋分手了，吉米也因女友不适应他的生活节奏而重获单身。在分手的过程中，我们都以付出一套房的代价告终。

然而，吉米多彩多姿的感情生活并未因我的离开而中断，他继续歌舞升平，很快地闪婚又离婚了，孩子留给父母亲照顾。他也经常会发些新女友的照片给我，每次我都劝他要节制点。

吉米的父亲在家乡锦州有个化工厂，一直想转型。当吉米得知锦州银行要混改上市，他力劝父亲把化工厂卖了，参股锦州银行，成为它的小股东。

吉米则开始开发网络游戏，当时第九城市和盛大的成功带动了网络游戏的风潮。吉米自己也沉浸于《传奇》《奇迹》等网游中，常常彻夜打游戏，演而优则导，他就从一个玩家变成了创业家。

他还把出租的商铺收回来改装成网吧，设备一流，据说采用的是法拉利的座椅和方向盘。为了解决网络游戏收费问题，吉米申请了一个网络支付牌照。

我第一次看到吉米这么认真工作，他经常和团队开会开到深夜，甚至睡在公司，看来他对网络游戏的热衷超过了对女人的热度。最后他的网吧却不幸以业绩不佳、团队流失告终。网吧被改装为川菜馆，他还特别吩咐餐厅经理，凡是我们这群好友去吃一律免单。

可是味道太不正宗了，我们极少去蹭饭，也不会带朋友去。开业不久，他自营的川菜馆只能再盘出去，成为某教育培训中心的教室。

他开始策划新的创业项目，在朋友的怂恿下，他招聘了一群软件工程师，要开发像大智慧一样的股票操盘软件。他还联系了几个券商朋友（过去的酒肉朋友），他们都逢迎着大拍胸脯表示这类 App 市场需求量很大，做出来一定大卖。

一年后产品做出来了，可是交易策略却很粗糙。吉米严重高估了股民对这类产品的内在要求，客户投诉之后，他那些券商朋友还反过来落井下石。

这三次创业，吉米共损失了四套物业（前后卖掉四个商铺），幸好那几年北京的房价大涨，剩下的三个商铺仍然有一个多亿的价值。

2015 年，当我又回到北京居住时，吉米正在做消费金融业务。他和资产公司合作，提供第二顺位的房抵贷，再包装做成 ABS（资产证券化）产品套利。他的产品毛利虽然不高，但交易量颇大，最终想通过资本运作将公司推上市。

刚好那一年的 12 月锦州银行在香港股票上市，估值超过 200 亿元，他父亲持有约5%的股票涨到十多亿元。高兴之余，他请我们去钓鱼台国宾馆狠狠地饱餐一顿。

两年后，吉米又被迫关掉消费金融公司，他告诉我公司的隐形成本太高，坏账也高，资本赔光了，团队也散了。幸好锦州银行上市后表现一直不错，吉米决定加码买进一些股票，借此要把亏掉的钱赚回来。

不久，吉米去上了某国商学院EMBA班，结识了许多企业家和国有企业高管。他着手设立联合家族办公室，赞助中小企业协会，想通过他们的全国15万家企业会员来推广海外资产。我曾提醒他中小企业协会和他们的会员是弱绑定，在业务上没有着力点，而且他也不是专业做投资的，海外投资风险巨大。

果不其然，吉米从长江毕业后他的项目也终结了，这两次的创业又让他卖掉两处商铺，他只剩下最后一处了。更要命的是同年12月锦州银行董事长张伟骤然病逝，2019年上半年该行不良贷款率爆出6.88%，金额高达279亿元。银行贷款质量进一步恶化，股票价格也大幅跳水，吉米和他父亲的资金损失一大半。

去年新冠肺炎疫情防控期间，吉米卖掉了最后一处商铺，租了一栋三层楼的Town House开展网红直播业务。他们招聘了一批年轻女孩，进行网红培训。我见了几个主播后直摇头，感觉她们人丑又不专业。后来我发现有一个主播是他新交的女朋友，恍然大悟，原来他又被美女忽悠了。

美女主播们围着吉米转悠，天天美食佳肴、载歌载舞。之前陪吉米混的那一群酒肉朋友都从良了，现在出现在酒局里的大多是90后。

我一直有不祥的预感，照这样下去吉米肯定会破产，坐吃山空也就罢了，爱热闹的吉米偏偏又爱折腾，连续创业，每次都精准地重复同样的错误。

就在吉米快要绝望的时候，他在钓鱼台国宾馆组了一个饭局，邀请我们这群交往超过十年以上的朋友参加。饭后他隆重宣布，有一个买家看中了他还存续的网络游戏公司的支付牌照，出价五个亿，还给他保留了10%的股份。

听到这个消息，大家纷纷举杯欢祝。在觥筹交错中，大家唱起了电影《魂断蓝桥》的主题曲《友谊地久天长》：

我们曾经终日游荡，
在故乡的青山上；
我们也曾历尽苦辛，
到处奔波流浪；
友谊万岁，朋友友谊，
万岁举杯痛饮！
同声歌唱友谊地久天长
……

曲中有几分真、有几分假？这酒肉朋友的情谊就像那些永远只谈恋爱的情人一样，只要永不结婚，这首歌就可以浪漫地一直唱下去。

要是哪一天曲终人散了，大家也不要感到惊奇。

# 18. 折翼的天使

安琪儿的父亲是个纨绔子弟，和狐朋狗友玩在一起，沉迷于酒家，经常彻夜不归。

她们家五个孩子全靠母亲在菜市场贩卖饮料完成学业，从小她就对婚姻生活没有任何憧憬。

当时，家庭有四五个孩子并不算多，我就有一个妹妹和两个弟弟。然而，按照她母亲的说法，安琪儿这个幺女的出生竟是计划外的。

当时她们家好不容易在生了三个女孩之后喜得麟儿，她母亲又怀孕了。她母亲执意地问庙里的大师："我这一胎能生来凑对吗？"她心里想着的是凑成一对男孩，大师看了看点点头。

没想到生下来又是个女孩，她母亲质问大师，大师说："你看，你们家不是凑了两对吗（两对女孩）？"于是她的出生就变成了家里的笑话。

幸好，他们几个孩子都很优秀，从小学到大学始终名列前茅。在颁发奖学金的时候，他父亲替老大受完奖，校长示意他下台，他尴尬地说："不必啦，下一个也是我。"就这样，老大领完轮到老二，老二领完轮到老三……她们家五个孩子承包了学校大部分的奖学金。

最后他们兄弟姐妹果然不负众望，陆续高分考上大学。安琪儿是最后考上的，有大哥大姐的帮助，她在学校里游刃有余，也参加了不少公益社团。

她们几个姐妹经常在课后当家教赚取生活费，大学生是家长青睐的对象。大二情窦初开的安琪儿和同学的表哥洪明一见钟情，洪明在 IT 公司任职，负责美国业务，之后被派去加州工作。

他们开始异地恋，夜夜煲远程电话粥，洪明一有空也经常回家看她。那时候有位师兄林海对安琪儿不错，他们以兄妹相称，无话不谈，有时候会聊到深夜，让找不到她的洪明气得直跳脚（安琪儿没有手机，只能打宿舍电话）。

林海读完硕士后考上剑桥大学博士班，林海向安琪儿表白："我们一起去英国留学吧，你成绩这么好应该没有问题的。"然而，安琪儿知道自己家里的情况，毕业后她必须尽快工作赚钱，结婚似乎是更好的选择。

结婚后，安琪儿随洪明来到圣河西，他在公司里替她安排了一个职位。这是洪明和公司提前说好的，目的在为她申请工作签证，等工作签证办下来安琪儿就可以自由选择职业了。

一年后，安琪儿在市区开了一家系统集成公司，专门为企业用户提供 IT 服务，开张第一个月就开始盈利。洪明才发现安琪儿颇有商业头脑，她小时候就常帮妈妈在菜市场兜售饮料，有时也会帮忙送货，这让她学到一些销售技巧。

不久他们的宝宝诞生了，美国是属地主义，他们的孩子生下来就有美国籍，享受美国人的福利。他们经常会带孩子到处去玩，17 英里海滩、纳帕溪谷、科罗拉多峡谷、好莱坞及迪士尼等，都有他们一家三口满满的回忆。

在孩子五岁时，洪明突然被公司派到上海负责大客户业务，由于安琪儿公司业务越做越大，她脱不开身，只能让洪明只身去上海工作。

洪明在上海如鱼得水，他的专业素养给大客户带来极大的信心，公司业绩也大幅上升。他经常要和客户吃饭应酬，偶尔还会陪客户出入夜场。

洪明的秘书 Lily 是复旦大学的高才生，活泼聪慧、优雅美丽，她对洪明非常崇拜，替他安排应酬活动之余，也会参加夜场的活动，最后替他结账。有一次 Lily 搀扶着喝多了的洪明进了房间，在床边伺候着他，他也顺水推舟，把她当作那些逢场作戏的夜场女孩。

从此以后，Lily 经常在洪明的屋里过夜，还出双入对。公司有人把这件事告诉安琪儿，她听到后，不禁想起父亲的荒唐过去，立即动身去上海，为了婚姻她愿意放弃一切。

在越洋班机上，安琪儿想起小时候爸爸几天不回家，每次妈妈找到他时他们总会大吵一架，她不希望这种情况重现，她要心平气和地处理这一切。后来公司找了洪明谈话，最后以 Lily 出局告终，安琪儿也带着孩子来到上海。

经过这次感情波折之后，他们的婚姻再无法回到从前了。安琪儿开始干涉洪明的行踪，限制他回家的时间，洪明则对安琪儿的无理取闹深感困扰。

每次和大客户应酬的时候，他都要留意安琪儿的电话，一旦没接到她就会再三询问。有时女客户打电话，她在旁边听到了也会流露出异样的眼神。

郁闷的洪明开始玩猫腻了，他经常借故出差，失业的 Lily 知悉后也去外地和他会合。这次他们学聪明了，几乎没有留下任何蛛丝马迹。洪明有时也分不清自己沉迷于此，是因为爱 Lily，还是因为偷腥所带来的快感。

其实 Lily 对安琪儿是有恨意的，不只因为洪明，也对她让自己在公司里颜面尽失耿耿于怀。她故意在安全套上动手脚，让自己怀孕。

洪明张皇失措，可 Lily 不愿意流产，洪明实在无计可施，只能向安琪儿坦白，他幻想着宽宏大量的妻子能再次让 Lily 知难而退。可安琪儿这次彻底绝望了，她果断地选择了离婚，也离开了上海这个伤心之地。

安琪儿带着孩子开始新的生活。当时高科技产业迅速发展，她把卖掉美国公司的钱全部买了半导体公司的股票，她还开了一家贸易公司，把公司生产的数码产品卖去美国。

很快安琪儿的股票涨了几倍，她的贸易公司也顺势稳步成长，她也开始谈恋爱了。而这些恋情却都因孩子的反对无疾而终，因为她在意孩子的感受。

此时，洪明因受贿被公司开除了，势利的 Lily 也离开了他。她把女儿丢给洪明，洪明也只能把孩子交给妈妈抚养。

洪明很幸运，他的发小林木请他加盟他的生物科技公司，还给了他不少期权。从小洪明就是林木的偶像，没想到二流大学毕业的林木居然也能开发出牛樟芝系列产品，获得市场的青睐。

洪明也没有辜负林木的期望，他不但替他打开了市场，还在广西大量培植牛樟芝，质量更好不说，成本也更低。

后来这家生技公司顺利上柜，股价不错，洪明买了豪宅，把父母和女儿都接过来。

有天晚上，洪明陪着女儿在花园里遛狗，发现安琪儿在附近和儿子散步，他们居然住在同一个小区。

洪明试图挽回安琪儿的心，道歉之余，他表示会加倍补偿她。

安琪儿冷漠以对，毕竟巫山上已经没有那一朵云彩了。

如果婚姻只是为了维系一份尊严，感情的折磨将会永无休止。

此时，安琪儿又想起母亲，父亲死去已10年了，她对他的怨言却一直没停过。

在她的心中，妈妈已是个折翼的天使，她将不再是。

# 19. 资本的智慧

盐湖城是美国犹他州的首府，因紧靠大盐湖而得名。

盐湖城于2002年举办了冬季奥运会，让许多人认识到这个城市的宜居和现代化，盐湖城从而获得了经济的快速发展。盐湖城的电子产业和生物技术产业都相当发达。

犹他大学坐落在盐湖城的沃萨奇岭山脉脚下，是美国西部最著名的公立大学之一。该校共产生了5位诺贝尔奖、8位麦克阿瑟奖、3位图灵奖、17位美国科学与工程院士、2名宇航员，它被卡耐基教育基金会归类为特高研究型大学。

海伦的母亲于犹他大学毕业后嫁给她的教授Henry，生下海伦。自小海伦在Henry有计划的栽培下也成为父母的小师妹。

海伦有过人的记忆和数学运算能力，初中时参加美国数学竞赛（AMC）获得了不错的成绩。她对中国文化也非常向往，把四大名著都读了一遍。

从犹他大学毕业后，海伦加入了摩根大通，负责市场的拓展。

由于海伦能把公司的产品用数学模型分析，突出各种亮点，客户在投资时都能充分了解到该产品的风险和预期收益，她获得了客户普遍的信任。连续几年她的业绩都是部门之最，客户的满意度极高。

后来，Jay加入纬创，被公司派到昆山的厂子。

当时上海虹桥和古北新区有不少富商，她在涉外的西郊花园买了一栋别墅，从此巨富商贾，贵客盈门。

有一次Jay邀我去海伦家做客，我认识了明星“独臂刀王”王羽和他的一帮朋友，王羽给我们展示了他的豪宅，厕所马桶都是纯金打造的。他非常感谢海伦让他的财富迅速增值，尤其是在对冲基金上的获利更是他意想不到的。

当晚海伦推荐他公司最新的一款对冲产品，1000万美元起投。我才知道高端理财产品的门槛极高，因为这类产品的对冲战略非常独特，对投资人的要求也高。

这类高端理财产品就像爱马仕的经典女包，必须搭配爱马仕的其他种类商品才能买到，而且还需要排队。看起来饥渴式营销对这些富豪太管用了，大家对海伦的产品趋之若鹜。

借着互联网的快速发展，海伦开始把目光转向科技新贵，产业也从对冲基金扩大到家族信托和私募股权投资基金。

她们公司还提供家族传承及名校辅导服务，只要捐款给大学就有机会成为校董，校董每年都有几个推荐入学的名额，不直接捐款的人也可以和校董合作。

后来，我介绍了开发商刘老板给海伦，买了大量的理财产品，她还分了我一些提成奖金。她替刘老板申请了海外移民，并将大部分资产通过家族信托将权益转给儿子，这样一来即使公司倒闭了也不会影响到已经信托隔离的资产，她把刘老板的资金都转到瑞士账户。

海伦告诉我瑞士银行的财富前100名里有很大比例是华人，其名单和我们所熟知的那些富人都不同。富豪们普遍都通过移民更改了姓名，很难一一对应起来。

看起来私人银行不只是单纯的代客理财，也为客户提供一套智慧的资本保全方案。有时候他们也能集资本的力量呼风唤雨，就像索罗斯在1997年做空泰铢、获利42亿美元，浑水公司做空瑞幸咖啡、东方纸业、绿诺科技等中概股一样，当资本的规模达到一定程度，就能操控市场。

不像我们这些做创投基金业务的，每天辛辛苦苦看项目、做市场调研、写投资报告、开投委会，之后还要做尽职调查、做投后管理，经常要996。

几年下来投了几十个项目，大概30%的被投企业能成功上市。清算下来平均收益率还抵不上这些“智慧资本”（Smart Money）一次做空市场所赚的钱。

我也能理解为何比尔·盖茨不在微软反而变得更加富裕，资本的力量可见一斑。

2012年，房地产市场一片大好，我的朋友刘老板业务蒸蒸日上，他鼓励海伦出来创业，做地产前融业务，设立房地产投资基金拿地。他身边有一群地产界的大老板，都表示可以和海伦合作。

当时Jay正和海伦在闹别扭，这些年来，在香港摩根大通任职的海伦经常要出差，Jay对她有很大意见。Jay表示如果两人要结婚，海伦就必须稳定在上海。

海伦接受刘老板的建议，出来单干。不久Jay和海伦举办了一场盛大的婚礼。

当时开发商的负债比例都非常高，地产融资遇到极大瓶颈，房地产公司纷纷设立地产基金，引进外部投资人，这样既分散风险，也借此进入资本市场。

海伦的第一个项目是和刘老板在曹妃甸投资旅游地产，海伦设立了一只专项基金，银行给项目配资60%，海伦的基金投30%，刘老板投10%并给项目兜底。

正逢首钢迁址到曹妃甸，其员工对周边的商住配套地产需求量很大，这个项目一炮而红。海伦迎来了她生命中的第二个春天，赚得盆满钵满。

后来海伦转而关注国内地产十强企业，恒大地产成为她新的合作伙伴。灵活的投资模式是她的强项，也因此获得了市场的口碑。

除了国内的地产投资基金，海伦也开展海外业务；她协助香港上市的地产公司在海外发债，她父亲Henry为她对接了犹他州的金主，成为主要的投资方。

随着国内地产业的快速增长，海伦操盘的海外发债业务越做越大。外币的利率非常低，投资人对回报的要求也不高，国内房地产的高回报遂成为他们的首选。

五年前，海伦在北京国贸设立华北公司，将业务版图发展到华北。她和第三方财富公司合作，在北京顺义区拿地，与开发商一起合作开发低密度住宅。

这几年来，北京的房地产平稳发展，随着首都地铁建设的外扩，顺义的别墅受到青睐，周边完善的生活配套设施也助推了商品房的销售，去化率不错。

我曾推荐产业园的项目给海伦，她却不太看好，她还是比较喜欢短平快的商住开发项目，资金的利用率高且牵扯的因素较少。当时我总觉得她是否对国内的地产生态还不够了解，毕竟通过产业园可以拿到超低价的土地。

不久就传来华夏幸福基业的债台高筑，招商不顺，其开发的住宅去化率也偏低。这时我才意识到海伦的先见之明，毕竟有数学头脑的她一算便知。

去年新冠肺炎疫情防控期间，房价虽然持续在涨，海伦却有序地结束了她所有的地产投资业务，包括海外发债。她设立了一只 ESG（环保和社会治理）基金，主要投资于光伏发电、绿色能源和抗疫医疗等 ESG 领域。

我和 Jay 都替她惋惜，毕竟她和这些地产公司已合作多年，大家彼此信任。这些地产业务就像自来水一样，水龙头一拧开，每天都能给她带来丰厚的收益。

后来，Jay 告诉我，他们的儿子要上初中了，海伦想多陪陪孩子。她现在的基金都是用自己的钱，没有投资周期的紧迫性，人员的管理也相对简单。

看似简单的生活安排，却让我不得不佩服海伦的“资本智慧”。

今年，随着政府宏观政策的调整，房地产开始急转直下，大的开发商都面临楼盘去化的问题，这也导致现金流紧张，海伦的合作伙伴恒大更是摇摇欲坠。

水能载舟，亦能覆舟，资本也是。只有一直保持冷静的头脑，不冒进、不贪婪，才能笑到最后。

佩服之际，我也开始关注 ESG 的投资领域了。

# 第二篇

# 抒怀篇

# 1. 累了，就来一杯手冲咖啡

最近，我又重新爱上了手冲咖啡，在午后时分，将一颗颗中度烘焙、褐棕香醇的阿拉比卡咖啡豆放入磨豆机中，研磨好后将大小适中、颗粒均匀的咖啡粉放在滤纸上，置于滤杯中，再将 86℃ ~ 93℃之间的热水按 12 ~ 15 倍的比例缓缓倒入滤杯中，顿时一杯浓郁芬芳的手冲咖啡就做好了。

手冲咖啡的制作过程虽然比较复杂，没有全自动咖啡机便捷，却大大地保留了咖啡的原汁原味。几年下来，舌尖对咖啡豆的产地要求和烘焙程度也越来越挑剔，真所谓食不厌精也。

现在，普通的苏门答腊“曼特宁咖啡”已经无法满足我的味蕾，而埃塞俄比亚的“花魁咖啡”和巴拿马翡翠庄园“帕尔米拉咖啡”等，在我冷柜中的咖啡库存告急时还能勉强支撑一下。

我个人比较偏爱甘、酸、苦三味平衡的精品蓝山咖啡豆（又名牙买加高山咖啡），有如乌龙茶中口味最好的是产于山顶上的“冻顶乌龙茶”一样，蓝山最高峰海拔 2256 米，是加勒比地区的最高峰，这里地处地震带，拥有肥沃的火山土壤，气候湿润，也造就了享誉世界的牙买加蓝山咖啡。

记忆中第一次喝咖啡是在我五岁的时候，母亲的姐姐送了我们家咖啡豆礼盒，为此父亲还特地买了一套咖啡器具和杯具。外婆善于经商，她有六个女儿和四个儿子，母亲从小就在优渥的家境中成长，外公家更是名门望族，母亲结婚时还陪嫁了一位阿姨，记得小时候都是由阿姨帮我洗澡的。

我还记得当时喝咖啡的光景，精致的咖啡杯中晃动的咖啡散发出浓郁的香味，母亲在我的咖啡杯中放了两块方糖，苦中有甜，口味独特，迄今难以忘怀。

这种奢侈的生活随着我在 6 岁时家中突遭变故就远离我们了。母亲必须每日工作 16 个小时（当时她的厂里有日班、夜班和大夜班，她经常替人代班，连续做两班）才能保证我们四个孩子的正常教育和生活开销。

还记得刚开始时，母亲在棚户区租了一个小房间，全家都打地铺睡觉。厕所、浴室和厨房都在过道上，挨家挨户轮流使用，生活条件非常艰苦。这种感觉也许只有流离失所的难民们才能够体会。

今年春节期间陪女儿去看了易烊千玺的贺岁电影《奇迹·笨小孩》，看到易烊千玺饰演的角色和女儿挤在狭小的房间里，不禁想起小时候的情景。我告诉女儿自己也曾经随母亲和弟妹们挤在比那个房间更小的地方居住，她怀疑地瞪大了眼睛，我只能对她笑了笑，却控制不了心中的苦楚。

后来，我祖父幸运地抽中了经济适用房，妈妈和叔叔凑钱付了首付，我们才得以从棚户区里搬出来。房间虽然大不了多少，却有独立的厨房和卫生间，也有个小阳台，可以晾衣服。

由于祖父母及叔叔们都不喝咖啡，整个小学时光我就和咖啡绝缘了，过去经常喝咖啡的母亲也将这种奢侈品给戒了，即使后来父亲回家后我也再没看到她喝过。

我人生中第二次喝咖啡是初中同学带到学校的罐装“伯朗咖啡”，那是一种加糖加炼乳的罐装“冰”咖啡，奶味香浓得令人分不清是咖啡饮料还是奶制品。迄今仍然有许多人爱喝“三合一”咖啡，估计他们就是受到了儿时喝罐装咖啡的影响。

有一次，同学的父亲领我们去咖啡屋午餐，我发现单点一杯曼特宁咖啡的价格和套餐的价格一样，而中午的套餐还附赠了一杯曼特宁咖啡，我不禁纳闷起来。同学的父亲告诉我，咖啡屋卖的是气氛和环境，而午餐时的客人主要是吃饱，气氛并不重要，所以会有特价，对此我也似懂非懂地点头（到现在这种情况还存在，只是我对价格已不敏感了）。

由于囊中羞涩，我记得第一次和女孩子约会时，我点的是一杯柠檬茶，她喝的是卡布奇诺咖啡。那时候我口袋中的零花钱刚够支付这两杯饮料的钱，也就没有和她进行下次的约会了。

这也引发了我去校外打工的决定，我在影城里当起了群众演员。后来房地产蓬勃发展，我干脆开起广告公司，专门为房地产公司服务。

逐渐地，开始兴起有驻唱歌手的高档西餐厅，取代了单调的咖啡屋市场。当时我一边在学校读书，一边开公司，经济也变得宽裕了许多，闲暇时也能招待三五个同学去音乐西餐厅里喝上一杯咖啡。

那时候我们点一杯咖啡就能喝上几个小时，旁桌的顾客也大多如此。真所谓醉翁之意不在酒矣，看起来大家对歌手的兴趣比咖啡要大许多。

有时和父母亲去逛夜市，父亲也会给自己来杯冰咖啡，母亲则一如既往地节约。夏天非常炎热，冰冻的饮料比较受欢迎，最重要的还是冰咖啡中的糖分多，喝起来不会那么苦。

毕业后，我的第一份工作是在日本公司任销售代表，有一次去日本工厂出差，发现他们每天都有两次“Coffee Break”。每到上午 10 点及下午 3 点，大家都纷纷在自动贩卖机前投币买咖啡，排为一队，非常整齐。

日文我看不懂，只看到 100 日元、200 日元和 250 日元的按钮，我投了 100 日元，出来的是一杯只有 30 毫升的意大利浓缩咖啡，我感到疑惑，日本同事热心地教我如何饮用，举杯一口而尽，感觉就像喝中药般苦涩。

第二天我学聪明了，改投 250 日元，那儿时熟悉的咖啡香味顿时又重现了。当时我感觉非常新奇，也对日本人的咖啡文化有了新的认识。

后来，我在宏碁电脑任职时的领导酷爱喝咖啡，几乎杯不离手，尤其是速溶咖啡。此时麦斯威尔的速溶咖啡非常盛行，其广告语“滴滴香浓，意犹未尽”甚至比“钻石恒久远，一颗永流传”还要深入人心。

出差时带上保温杯，只要有热水的地方就能喝上一杯热腾腾的麦斯威尔咖啡。不久后听朋友说常喝咖啡容易显老，望着领导脸上的皮肤，我也就改喝红茶了。

到了欧洲，我才见识到“正宗的”咖啡面貌，巴黎的上班族喜欢在路边的酒吧吃早餐，通常是一片可颂面包，加上一杯法式咖啡。现磨的咖啡豆和加压的水蒸气瞬间冲泡出一杯杯浓淡合度的咖啡，对于我这种喝不惯意式浓缩咖啡的人而言，法式咖啡简直是人间珍品。

也许是因为有这种优质的咖啡，巴黎才能孕育出许多伟大的哲学家和艺术家。在塞纳河左岸有一家“双叟咖啡馆”，萨特和他的女友西蒙娜经常光顾这里，毕加索在此与朵拉琦尔小姐一见钟情，海明威、王尔德、恩斯特、安贝托艾可等当年的传奇人物都是这里的常客，“双叟咖啡馆”遂成为巴黎知名的打卡点。

说到法国咖啡，就不得不提星巴克咖啡。我第一次和它结缘是在拉斯维加斯电脑展，当时店员递给我满满500毫升的咖啡时我几乎不敢相信，心里狐疑着这么大杯的咖啡怎么喝得完？一喝发现是掺了水的法式咖啡，终于明白了法国人为什么把美式咖啡说成是洗袜子水了。

直到星巴克在中国开了上百家店之后，我才在巴黎街头看到星巴克的旗舰店，心想一直捍卫咖啡文化的意大利人估计也离此不远了。看来美国文化对欧洲人的侵袭不光是电影，还有咖啡，这是“劣币驱逐良币”吗？

到现在，我几乎每周都会喝上一杯星巴克咖啡，不是因为它好喝，而是贪图咖啡屋里的舒适空间。而它也已经成为北京甲级写字楼的标配，也成为大家商务洽谈的集合点。最近星巴克好像也开始推出手冲咖啡了，我下次要去品尝一下。

其实早在六年前，北京就开始出现以“手冲咖啡”为主打产品的咖啡屋了，来自不同产地的咖啡豆谜一样地吸引着我的目光。经过美女店长的悉心介绍，我也逐渐沉迷于这种看似浪漫的生活方式，慢慢能分辨出不同产地和烘焙技术的咖啡口味，从而获得了许多物外之趣。

咖啡就像红酒一样，有它独特的个性和品位，不同的风土会孕育出不同种类的咖啡，其风味也大异其趣。我能品尝出蓝山咖啡里的蓝莓香和莱檬味，也能从香气中感受到一株株阿拉比卡咖啡树迎风飘逸时的浪漫。

还记得邓丽君《美酒加咖啡》里的歌词，手冲咖啡真让我爱不释手，不知不觉地“一杯再一杯”。下次我一定要请我老母亲去品尝一下地道的手冲咖啡，也还原一下她当年的手艺，那多年来一直让我挥之不去的香气。

如果说星巴克咖啡代表的是一种快节奏的速食文化，手冲咖啡所演绎的就是一种慢生活的精神文明。

在我们被日复一日的忙碌工作所追赶的时候，在我们被年复一年要实现的小目标逼得喘不过气的空当，且让我们放慢脚步，休息一下。

累了，就来一杯手冲咖啡！让它抚慰一下你的灵魂，复原你满满的活力。

# 2. 候鸟迷情

我的幺弟是七夕出生的，从小我就比较关注这个节日，也爱听大人们讲述牛郎织女鹊桥相会的故事。原先我以为这是每年一次的天上男女选秀节目，每年都会在众多牛郎和众多织女之间挑选最速配的一对到鹊桥见面，共结连理。

后来弄清楚牛郎和织女几千年来始终如一之后我就哭了，这么悲惨的故事看起来也并不那么值得提倡啊？我不能理解玉皇大帝和王母娘娘为何要如此折磨两个相爱的人，这比“吴刚伐桂”的故事还要残酷。

长大后，我才发现在古代封建社会下的夫妻，能朝夕陪伴的佳偶其实并不多见。要不就是丈夫外出经商，或是求取功名，就连金榜题名后丈夫也经常远离家乡为仕、为官，妻子只能守在老家照顾老人、养育小孩，任劳任怨。

或许牛郎织女的故事只是有心人用来安慰那些两地相思的爱侣所编造的故事？或许他们的结局看起来也不是那么悲惨？至少一年还能见上一面。

人和动物之间的差别就是人可以牺牲眼前的利益来追求日后更大的利益，而动物不能。人甚至可以为了保全下一代的幸福而付出所有的一切。

在我们歌颂伟大母亲的同时，那句“慈母手中线，游子身上衣”道尽了千千万万留守妇人心中的苦楚；当我们立碑赞扬那些贞洁、守寡的妇女时，却无人考虑从根本上去解决问题。

或是因为中国幅员辽阔，不是没人考虑过，而是无解？

家中遭遇变故，父亲离家的那几年，父母亲一年都见不上一次面。然而，从每次的鱼雁往返中，我总能察觉到母亲对父亲那一份殷殷翘盼和切切关怀。

所以，我特别能理解异地恋。我四姨妈是船长夫人，姨父年轻时经常大半年都在海上航行，家中的一切全凭姨妈来操持，长夜漫漫，苦乐由心。

可在三十多年前姨父退休后，他们也耳鬓厮磨地共度了大半辈子，到现在彼此间仍如胶似漆，子孙承欢膝下，非常幸福。

凡事必有一体之两面，在 P2P 普惠金融盛行的年代，我们也看到许多身陷囹圄的爆雷公司高管，入狱后妻离子散，身家财产随之化为乌有，真应验了那句“夫妻本是同林鸟，大难临头各自飞”的警语。

独处时的寂寞最能考验夫妇之间的情感，在美丽的诱惑面前，人性恰恰是最禁不起考验的。牛郎织女的伟大不在于那钻牛角尖般的专情，而在于慎独，经得起时间及空间的诱惑，有如《来自星星的你》中的都教授和千颂伊的爱情一般。

这两年新冠肺炎疫情的隔离政策让更多的异地恋处境更加艰难，有许多外国人早已选择回家团聚，因为他们无法忍受一年一度的鹊桥会。其中也不乏坚持留下来的，据说是因为他们的另一半对他们不够坚持，家乡已无留恋之处。

疫情考验着异地恋情，却因为大家的脸都被口罩遮住了也减少了很多婚外恋。咫尺天涯，一米的安全距离有时比千里的两地相隔还要遥远，剩男、剩女的现象越来越严重，“抖音”和“陌陌”竟成为双方缘分牵引的最佳社交平台。

最近元宇宙大行其道，透过全息 VR 影像技术就能身历其境，和家人做全方位的接触，分不清是现实还是在梦里。未来通过虚拟人物，情侣们还能携手进入第二人生，神游四方，异地恋的问题看似可以迎刃而解。

人是万物之灵，是最具有想象力的动物。在过去几千年，人们凭着一个对未来美好生活的愿景就可以倾注一生。在元宇宙中，再没有那些丑陋、低俗的场景，俊男、美女们各自奔放在灵魂的投映中，期待着生命中的每一天，没有最好，只有更好。

如果在元宇宙中存在“鹊桥会”的场景，那也许是因为虚拟货币花光了，被迫退出这个宇宙。大家挥一挥鼠标，不带走一片云彩。“原来无一物，何处惹尘埃？”当然也会有人不这么潇洒，自我深陷其中而无法自拔。

我无法想象在未来的世界里，人们应该歌颂始终如一的爱情？还是该称赞那些“风流倜傥、名倾六辅”的情圣？真心要何处安放？元宇宙中NFT（不可篡改的代币）的区块链技术能验证数字资产的唯一性，不知道是否也能验证纯真的爱情？

据说脑机接口的技术能读懂一个人的思想，不知道是否也能读懂人的真心？当我们脚踏两条船难以取舍的时候，人工智能和大数据是否能帮我们分析，为我们找到最佳归宿？以使我们不再彷徨、后悔。

我始终认为“我是谁？”是世界上最难回答的问题，牛郎织女的身份千百年不变，我们却难用一句话来概括自我的过去、现在和未来。也许在鹊桥会时，我们可以尽情打扮自己，呈现最好的一面给对方，在剩下的364天里做回真实的自己。

果真如此，候鸟式的相遇更像是一出浪漫的爱情喜剧，不需要真心，只需要玫瑰和香槟。

佛说：“前世五百年的回眸，才换来今生的擦肩而过。”

候鸟迷情就像一颗璀璨的流星，在宇宙间已航行了几千年，盼的就是这一刻和你的相遇。天上一日，人间一世。

# 3. 京城印象

和北京的第一次接触，是在巴黎时读了李敖的《北京法源寺》，书中的意境也体现了北京作为皇城的宏伟和威权。

书里的皇城除了整齐划一具有前瞻性的城市规划之外，还看到一群捍卫真理的热血青年，饮刀从容赴义。同时，我也感受到“官家”作为一个“人”的存在，其自顾不暇，必须在公私之间有所权衡。生命之间，孰轻？孰重？

2001 年春，当我得知自己被宏碁集团选派来北京设立创业投资公司时，心里所浮现的尽是故宫、天坛、颐和园、长城等恢宏景象，揣想着假日清晨在天坛公园里放风筝，傍晚时分兀自坐在景山万春亭上居高临下眺望故宫的落日余晖，以及秋红时节在碧云寺瞻仰孙中山先生，春雪中在颐和园昆明湖上领受断桥重现的凄美……种种场景多次在心中激荡不已。

自元朝以来，北京一直是中国的政治、文化中心，全国各地的读书人不辞劳苦、千里迢迢进京赶考，寒窗苦读为的就是金榜题名、有所作为。京城虽美，真正有钱、有闲、有心情去欣赏她容颜的人并不多见，历史上偌多骚人墨客有歌颂黄鹤楼的，歌颂西湖和洛阳牡丹的，对北京美景的称颂却并不多见。

今日北京有很多高校，仍然不断地吸引各地优秀学子来此镀金，清华、北大仿佛就是成功的代名词，和哈佛、史丹佛、剑桥对美英学子的含义一样。主流学术地位加上开放的学风让北京的学子除了练得一身武艺之外，更有舍我其谁的时代使命感。

我们从事风险投资的人最青睐于北大、清华校友们的创业项目，他们自小历经重重关卡，胸襟博大、自视甚高，绝不会为了区区几千万“故意”让投资人失望。

北京人也大多心怀天下、展望世界，对5 000年历史和960万平方公里的国土了然于胸。就连出租车司机虽足不出国也能纵横天下，对欧美政要评头论足、侃侃而谈，让我这个海归也不由得目瞪口呆、佩服得五体投地。

北京总面积为1.6万平方公里，传说中的七环就有940公里，开车转一圈就要近10个小时，因此北京16个行政区里的很多地方我都未曾去过。过去的北京“东富西贵，南贫北贱”，即使现在的南、北城都还发展得挺不错，北京各区的人文环境和生活差距仍然挺大的。

我一直住在朝阳区，一个能早一点看到日出的地方，也已经习惯了这里的生活步调。一旦让我搬去石景山区或是海淀区我估计很难适应，更遑说是门头沟区或是房山区了。

我喜欢密云和怀柔，那里是度假的好去处，但是每到周末京承高速公路上满满的车流就令人却步。有一次在“十一”黄金周假期，我们出城就花了足足两小时，最后只好原路折返，悻悻而归。

每年从各地进京的新增人口约有30万人，北京虽大却不空旷，政府大力开发通州区和雄安新区就是为了疏散京城人潮，为首都居民腾出地方。

刚到北京的时候四环路还未开通，我的生活半径就在东二环和东三环之间，国贸、燕莎和三里屯成为境外人士工作休闲核心，也是跨国企业白领夜生活的聚集处。国贸CBD区有着北京颜值最高的写字楼群，我也经常在这里约会谈事。

由于奢侈品的进口税极高，在国外常见的豪华汽车和名牌衣物都所费不赀，因此我尽量不在国内购物。简朴的生活如同拿着金饭碗过着拮据的生活，和那些月入数千却一掷千金的白领比起来显得有些寒碜。

在北京，我们也很难用一般的消费标准去衡量那些土豪，一顿饭几十万的也时有耳闻。我们这群海归曾自诩为精英分子，出手却没有他们阔绰、大方。

有一次在酒吧中就有一位来自山西的煤老板身边美女前呼后拥，钞票漫天飞舞，着实让我见识到财富的魔力，也许“土”的才是我们。

许多北京人都会同意，首都的发展正式步入快车道是从 2008 年北京奥运会前后开始的。虽然是政治中心，北京的城市发展速度在 20 世纪末却远远不及南方，上海浦东和深圳都在那个时期“一天一个样，三年大变样”，快速发展起来，最先有地铁的北京始终维持着两条线路，直到那个让全国人民都引以为傲的盛典到来。

五环、六环的建设通车和地铁网的建设让北京版图迅速向外扩张，今日多达 24 条的轨道交通线路贯穿了市区 428 座车站，大大缩短了城郊距离，也开始出现通勤长达两个小时的上班族。

以前在巴黎时我同事每天要搭乘 90 分钟地铁上班，我总觉得不可思议。现在北京通勤超过一个小时的也大有人在，周五傍晚环线上的车流更是不可胜数，从东城到西城花掉一两个小时都是家常便饭。

在北京约人吃饭一定要考虑到距离的远近，毕竟从北京搭高铁去承德（从北京朝阳站出发）也只要一个小时，从中关村到北京朝阳站却有可能超过一个小时。而我们住在东边的人也很怕要去北京西站搭高铁，在市区穿梭的时间高铁早已抵达保定了。

其实，北京最吸引人之处在于它的城市绿化空间，它以 48.22% 的城市绿化率位列全国第一。北京有 169 个公园，其中较知名的有颐和园、圆明园、北海公园、景山公园、陶然亭公园、奥林匹克森林公园、朝阳公园、玉渊潭公园、天坛公园、植物园、香山公园、世界公园等，每一处都有绝色美景，让人流连忘返。

京城开阔平坦的地形让大家可以随处散步，骑单车，在公园里打网球、跑步，或是在松涛蓊郁的咖啡馆与佳人相约，静静地品味夕阳西下的曼妙时光。

北京的水系也是星罗棋布的，从中南海、北海到什刹海，从金海湖、密云水库、雁栖湖、响水湖到古北水镇，从通惠河、温榆河、潮白河到永定河，四通八达的水系连接了京杭大运河，让乾隆爷乘船下江南成为可能。

前人种树后人乘凉，随着历朝历代帝王们对首都的不断加持、不断建设，终于成就了这座独一无二的“现代化”历史古城，让所有中国人都引以为傲。

由于四季气候分明，冬天寒冷干燥，加上偶尔的雾霾天和沙尘暴，许多南方人都住不惯北京。朋友经常问我在走遍了许多国家和城市后，为什么会选择在北京落脚。其实，也正因为我住过许多地方，才能更深切地感受到京城之美。它不仅仅是一座城市，也是一个包罗万象的小世界。

它风情万种，也幻不可测，每天都有不同的韵味。当你馋了，这里有五湖四海最正宗的菜肴（各地的驻京办事处和米其林星级餐厅）；当你倦了，这里有四季变幻最绮丽的风景；当你厌了，这里有各具特色最精湛的戏剧、演出；当你孤单了，这里有来自各地最豪爽的俊男、美女。

在寒冬中玻璃房里永远不缺温暖和煦的阳光，酷暑中入夜的荷塘畔也不乏拂面徐徐迎来的清风，四月天缤纷盛开的花朵和金秋时节的红叶更令人目不暇接。我真的很难找到在同一座城市里能同时保有自然的、人文的、古典的和现代化的元素，随着百年首都经济圈的长远规划和城市建设，北京仍然在不断地迭代。

在许多陌生的城市里，那些马不停蹄的过客总是不断穿梭、来来去去，试图找一处落脚点，到最后发现只有北京能装载下他们的灵魂和梦想。无论经商也好，创业也好，都能很快融入这座城市，成为这座城市的主人。

没有方言隔阂、没有文化歧视，你爱干啥就干啥。才不怕显、财不竞多、艺不厌精，这里只有你想不到的，没有办不到的。

新冠肺炎疫情防控期间，北京仍魅不可挡，随着冬奥会的精彩呈现，它又多了一个“冰雪之城”的封号。春节假期，北京适时地下了一场瑞雪，和女儿在公园湖面上堆砌“冰墩墩”，算是对冬奥会的另类精神参与。

气候最容易唤起记忆，花海缤纷的四月天，每每都能唤起我对初次来到京城时惊艳景象的记忆。而今，圆明园里盛开的牡丹花丛一如往昔的贵气纷呈、玉笑珠香，心头却不禁暗自细数这二十多年来的变化，慨叹起来。

景色如昨，只是那些流失的岁月，一幅幅的画面随城市建设的节奏在不断消长。鳞次栉比的大楼好似在向我们的青春示威，想彻底驱赶我们心中的京城印记。

看来京城印象不再仅仅是天坛、故宫，或是四合院，还有许多充满童趣的摩登住宅小区、跳广场舞的大妈以及那些住在玉宇高楼却仍不忘初心的京城老大爷。

# 4. 环路上的风景

在巴黎，城市有内环和外环，内环建筑于 1958 年，基本由巴黎城墙拆除改建而成的，因此也有许多门。巴黎的内环总长度 35.04 公里，和北京的二环路 32.7 公里大致相当。

巴黎的外环 A86 长度为 80.1 公里，比北京的三环的 48.3 公里还长。看起来北京的城市规划更加合理些，近 20 年来北京四环、五环与六环的陆续建成也将巴黎的城市建设甩开了好几条街（到目前巴黎的四环路还没建完）。

因此，环路对北京人而言是有重要意义的，我家就住在东四环边上，我同事住在北五环奥林匹克公园旁，东六环则联系了通州市区往北到首都机场，往南也可以延伸到大兴机场。

环路不但为我们指出了距离和方向，也能轻易掌握交通路径，传说中的七环有 940 公里长。因此有人戏称天津位于北京的八环，上海则位于北京的十几环外，到了二十几环，估计都能到广州了。

事实上，北京的城市建设是和环路的建设息息相关的，环线的开通让原本老旧的南城逐渐焕然一新，也让城北几个科技园区拔地而起，成功衔接了海淀中关村的科技实力，也分享了它的荣光。

今日的六环路以内都属于北京的市中心，由于基础设施完善，规划合理的区域生活配套，使其房价也直逼核心区。我朋友就卖了他位于四环边上的公寓楼，住进了北六环边上的联排别墅里，旁边有温泉度假村和百亩绿地公园，周末不必走远就能度假，无论是去古北水镇或是雁栖湖都不会堵车，去慕田峪长城也很方便。

只是，平常我朋友要进城办事就比较费劲了，一个小时对他而言都不算远，送小孩上学也很费劲。看起来环路虽然把城市变大了，交通却也变得更加复杂了。想起巴黎的外环路也经常堵车，我家去机场的必经之路，不走环路就会多出 20 公里路程。环线所连接之地对其依赖度都很大，环路的利用率极高，所以我一般也尽量避开五环，五环比四环的车流量只有多，没有少。

然而，每次出门，几乎也都不可避免地要走环路。北京的四环边上都设计了绿化带，当季节变化时能看到应景的植被和彩饰，沿途也有一些宏伟的建筑如鸟巢、中华民族园、颐和园等，惊喜往往就发生在不经意的转眼一瞥间。

三环路可以说是除了长安街外，北京最拥挤的一条路了，它围绕着北京最繁荣的主城区，也是我刚到北京时，这座城市兴旺发展的支柱工程。当时要建这条路时国家还不富裕，所以它也并非全程高架，或是像巴黎一样下沉。

三环路的出口和入口设计得也不太合理，稍有不慎就可能发生擦撞。从辅路要排队进入主路也费劲，经常看到插队的车辆造成路面拥堵。估计成都的二环就是吸取北京三环的教训，全程高架，上下形成两条路面，上海的环线也基本如此。

来北京出差，三环路几乎是不可避免的，从机场到三里屯、国贸 CBD，或是从华贸中心往西走长安街都会和三环交会。中国尊附近的新建筑群落成后更加重了东三环的交通压力，估计政府也没有太多应对之道，只能靠疏散人口来解决。

北京的二环路虽然比三环路建成得早（1992 年），其路况却比三环路要好很多，当时它也是中国第一条全封闭、全立交、没有红绿灯的城市快速环路，对外连接了几条高速公路，非常便利。

由于二环路是围绕旧城而建，沿途以城门命名的立交桥特别多，像是朝阳门、广渠门、左安门、永定门、右安门、广安门、阜成门、东直门、西直门、安定门、德胜门等。这些门让我的思绪一下子进入到历史里面，浮现出老北京城的模样。

二环路上的建国门和复兴门连接着长安大街，这两个门是每次阅兵仪式的起点和终点，也是连接 CBD 和金融街的主要干道，途经故宫、天安门广场、王府井和国家大剧院。

看来能把环路上的地名弄清楚就能对整个北京城了如指掌了，也轻易不会迷路。北京人也基本都住在环线上的某个点，像我就住在四环的朝阳公园桥附近，朝阳门曾是我刚到北京时的工作地所在。

钟楼、鼓楼、雍和宫和簋街都紧挨着二环，也都是我约人吃饭的几个去处之一。最近刚建成开放的北京环球影城则紧挨着东六环（施园桥），在北京的点点滴滴似乎都和这些环城道路息息相关。

岳云鹏有一首《五环之歌》曾经红遍了大江南北，其中有几句歌词挺有意思的：

腐烂的喇叭声，
苦难的师傅一直唉，
北京的 Style，
在上下班，车子一直排，
为了生活，为了梦想，为了放假单
或许有天，我们必须要去，那八环
……

当北京的八环路落成之后，相信雄安新区也成为大北京的精彩部分了。而随着首都扩展的过程中国家也在变富、变强。

看起来，环路建设是国家经济发展的缩影，北京如此，上海如此，其他重点城市也是如此。

# 5. 传唱同一首歌

暮色低垂，望着窗外随风舞动的树叶，客厅传来女儿旗旗演奏大提琴的旋律《茉莉花》。顿时，我思绪万千，仿佛穿越到女儿这个年纪：当时，7 岁的我正被邓丽君《难忘初恋情人》歌声所吸引，那是我初次听到流行歌曲。

虽然不了解歌词中的含义，邓姐甜美的嗓音却能让我体验到除了《小星星》《小毛驴》《世上只有妈妈好》等儿歌之外的美丽世界，那时的我对大人们的生活既好奇又懵懂。

当时的小学非常重视音乐课，课堂上教唱中国民谣，有《茉莉花》《紫竹调》《凤阳花鼓》《康定情歌》等，也会穿插一些富有民族特色的歌谣，如《稻田里的火鸡》《野玫瑰》《阿里郎》《桔梗花》等。老师会一面弹风琴一面领着我们唱，甚至还会编舞。

记得当时我们参加了舞蹈比赛还获得了第二名，用的配乐有“Rain drops keep falling on my head”“Top of the world”等，音乐一直陪伴着我们度过欢乐的童年时光。

到了中学，填鸭式教育体制扼杀了音乐课，我父亲买的东芝收录音机却一直陪伴着我熬夜复习功课。那时候流行刘文正和凤飞飞的歌曲，例如《闪亮的日子》《迟到》《兰花草》《流水年华》等，包美圣的《小茉莉》也深深吸引着我。那时候她才 19 岁，那也是我情窦初开的年龄。

对于歌词中描写爱情的甜美虽有共鸣，却只能深藏心底，寄语于白云蓝天。当时我和表弟经常去看电影，《罗马假日》《窈窕淑女》《乱世佳人》《音乐之声》等剧情辅以深入人心的主题曲更让我的浪漫情怀泛滥得不可收拾，也打开了一扇通往西方艺术的暗门。

后来，校园民谣成为主流，有李建复的《龙的传人》、叶佳修的《赤足走在田埂上》、娃娃的《就在今夜》、施孝荣的《归人沙城》、王梦麟的《阿美阿美》等。李宗盛的木吉他合唱团第一张专辑《散场电影》和《庙会》也才初出茅庐，其中让我深受感动的是李宗盛作词作曲、金智娟演唱的《飘洋过海来看你》，这首歌更坚定了我出国的念头。

当时的大学生最好的出路就是留学，我的表姐去了美国，成为亲戚口中的楷模。当时美国文化正影响着全世界，除了校园民谣外，收音机里听得最多的就是摇滚歌曲、乡村歌曲、重金属、抒情歌曲、爵士乐。虽然我的吉他没有学好，但加入了“口琴社”的我却能将一曲曲的英文歌曲用简谱吹奏起来，也能在同学的生日派对中应景。

我的第一份工作是在日企，每个月有20多天都要和客户吃饭、K歌，日本人喜欢听邓丽君和欧阳菲菲的歌曲，她们也唱红了许多日本歌曲，像是《北国之春》《漫步人生路》《雨中徘徊》《逝去的爱》等，有些歌曲被翻译成中文也非常流行。当时的卡拉OK是由每一桌客人轮流上场表演，为了不出丑，我每天用心苦练，去东京出差时还唱了《北国之春》，效果还不错。

到了欧洲，乡愁浓烈，除了法文歌，我最常听的还是中文流行歌曲。当时张学友的《吻别》、黄安的《鸳鸯蝴蝶梦》、李碧华的《心语》、高胜美的《哭砂》、罗大佑的《鹿港小镇》、蔡琴的《你的眼神》和刘家昌的《在雨中》，都曾是巴黎中国城卡拉OK中的热门点播歌曲。当时我也买了一套卡拉OK机，这些歌手的经典歌曲全都能朗朗上口，到现在去KTV点歌时一不小心还会暴露年龄。

1995年，我去上海创业，当时港台歌曲成为流行乐曲的主流，像是小虎队、任贤齐、郑智化、孟庭苇、张信哲、邰正宵、Beyond、刘德华、张学友、梅艳芳、张国荣等，都是KTV受欢迎的歌手，而这些歌手迄今仍十分受欢迎。为了应酬，我当时几乎跑遍上海的主流KTV，有时候会同时开两三间包房接待客户，我的朋友也经常会报我的名字蹭酒喝。

2000年，我到了北京开始做创投，结交的多半是海归的朋友，清吧和西餐厅成为我们应酬、聊天的地点，背景音乐成为话题间偶尔察觉的音符，例如《星际大战》《Some where in time》《狮子王》《侏罗纪公园》等。当时拉丁舞非常盛行，Samba、Cha-cha、Salsa 和 Rumba 等大行其道。

我们也经常去燕莎友谊商城旁跳“莎莎”（Salsa），曼妙的舞姿加上快节奏的旋律让人沉浸其中而不可自拔。记得搜狐张朝阳还特别请了位拉丁舞老师，我们去他寓所时的临场表演让我们大开眼界，感受到莎莎的巨大魅力。富士康郭台铭的夫人也曾经是舞蹈老师，看来艺术令人无法抗拒，一如女性的美。

2004 年，我去了深圳，迷上了健身房，在偶然的机会里选了爵士舞课程，指导老师拿过几个国际赛事的奖项，长得也很俊俏。爵士舞可以自由自在地跳，迈克尔·杰克逊和英国小甜甜（Britney Spears）的歌曲都让人很容易入手。爵士舞具备欧洲人动作的优雅性，还有非洲人传统急促又富动感节奏的风格，半年下来我的身体变得非常协调，从此也保持了轻盈的体态。

2012 年，我去了一个悠闲、烂漫的城市——成都，夜晚的成都歌舞升平、夜夜笙箫。宽窄巷子、九眼桥和兰桂坊都是我们经常驻足之地，东西乐团不一而足。而成都离青海和西藏近，受藏文化影响较深，高亢的草原歌曲比较流行，《金刚经》和《心经》也成为大家酒足饭饱后在家修行的心灵丹药。

朋友开了一个会所，是艺术家和收藏家聚集之地，经常有大师在此挥毫泼墨、谈古论今，我们则品酒、喝茶、唱歌。大师们最常唱的歌曲有《鸿雁》《呼伦贝尔大草原》《天路》《青藏高原》等，他们那种天籁之韵也只能在天府中寻找了。

2015 年，我重返睽违了 10 年的北京城，伴着小女儿旗旗的成长，我们一起看了宫崎骏脍炙人口的动漫《天空之城》《龙猫》《千与千寻》等，欣赏了久石让的《那年夏天宁静的海》《幽灵公主》《哈尔的移动城堡》等。

后来小女儿决定学大提琴，我又开始研究古典音乐。她的老师是中央音乐学院的副教授，所谓名师出高徒，我能明显看到她身上的变化。大提琴的音律和节奏感让她变得自律、自信，有时候她会在家举办音乐会，我们夫妇和她姥爷、姥姥就成为她最忠实的听众。

音乐可以陶冶性情、洗涤灵魂，即使是在最原始的部落里也能见到人们手舞足蹈地哼着歌谣，历史上的《四面楚歌》曾经让西楚霸王自绝于江东父老，一曲《凤求凰》演绎了司马相如与卓文君伟大的爱情故事，西方的一些经典歌剧也曾造就了文艺复兴时期的繁荣社会，丰富了那个时代人们的精神世界。

中华民族是一个具有悠久历史的文明体，这个文明体从周公制礼作乐时开始启蒙，孕育出博大精深的中华文明。北方唱罢南方登场、东边日出西边雨，独特的地方歌谣，最终都能红遍大江南北甚至传颂千古，在传唱同一首歌的背后展现的是一个伟大古老文明体的力量。

# 6. 心有千千结

数声鶗鴂，又报芳菲歇。惜春更把残红折。雨轻风色暴，梅子青时节。
永丰柳，无人尽日飞花雪。
莫把幺弦拨，怨极弦能说。天不老，情难绝。心似双丝网，中有千千结。
夜过也，东窗未白凝残月。

宋代词人张先的《千秋岁·数声鶗鴂》

记得我第一次去看电影是和妈妈看的《心有千千结》，一部由琼瑶阿姨著作改编，李行导演，秦祥林、甄珍、葛香亭等人主演的爱情片。当时对爱情懵懂的我却被这人间最无私的情愫感动了。

后来妈妈又带我去看了刘家昌导演，林青霞、谷名伦主演的《云河》，终于让我对爱情有所开窍。随后我启蒙于徐志摩的《再别康桥》和李清照的《声声慢》的凄美诗词文句之中。归纳起来，就是元好问所总结的："问世间，情为何物？直教人生死相许。"

浪漫并非世人皆有之品格，美好的爱情却是每个人都向往的。林徽因和梁思成所演绎的《人间四月天》毕竟属于天籁，平凡人家追求的也只是"扎心宁家暖炕头"而已。

然而在离婚率居高不下的现代社会，白头偕老的婚姻也属于小概率事件。因为真正的爱情的确会让人寤寐思服、辗转反侧，即便前方会粉身碎骨也无怨无悔、在所不辞。那些净身出户的升斗小民如此，宁可分去一半财产的顶级富豪"贝佐斯"也是如此。

因此，我常常会告诫那些还未成家的年轻人莫把爱情当儿戏，虚耗了两个人的青春岁月。毕竟只有那个“对的人”才能点亮你的生命，即使需要多一点耐心去等待、去寻觅也是值得的。

在这里，我就要谈谈我的那一位“对的人”，当年她就像候鸟一样出现在我的生命中，从此带给我欢愉和满足。故事起源于我在北京主持的一场论坛——中国旅游休闲地产领袖峰会，她代表一家园林景观设计施工企业赞助了这个活动，就这样，两个有缘人不远千里在北京相会了。

刚开始我们就像客户一样交流业务，她的专业和细心让我印象深刻，从而我们有了几次的“会议”。半年后她约我去常州看她们公司的代表作，我还拜访了她的老板。

她老板是个工艺大师，能用水泥把园林景观做得活灵活现，让参天大树长在水滑凝脂的温泉水乡之中。当天她老板邀请我入住了公司所开发的温泉度假中心，我和她就在“灵山多秀色，空水共氤氲”之地滋生了爱苗，心灵的感应和层层泛起的涟漪洗涤了世俗的灵魂，逐渐变成了《教我如何不想她》般的迷恋。

当时我在深圳工作，担任一家房地产企业 CEO，她则刚刚被调到北京负责管理总公司的业务部门。忙碌的我们都需要经常到全国各地出差，在悄悄地相聚之后轻轻地各分东西，等待和期盼就成为我们情感的催化剂，而每次的重逢都让我们更加珍惜彼此。

当然我也尽量找机会到她会去的城市出差，她也如此，那一年北京、青岛、济南、秦皇岛、成都、遵义、茅台镇都曾经是我俩出差约会之处，每一次匆匆相聚伴随的是无奈的分离，异地恋让人仿佛看不到未来，而她却从未抱怨。

有人会问：你怎么知道她是“对的人”呢？其实当那种感觉来的时候是不需要多想的，在千万人群中她是那么特别的存在，让你清晰知道你的一生都在为她而准备，或是为她而开始。那股排山倒海之力会推着你不顾一切地往前走，没有一丝犹豫，两情相悦的浪蝶狂蜂就像“冲冠一怒为红颜”“爱美人不爱江山”般逆天！

无论是瞬间的凝眸一笑或是不经意的耳鬓厮磨，彼此都能窥探对方的灵魂深处而激荡不已！那种无尽的爱会让人愿意付出一切努力去争取、去拼搏，只争朝夕。那种水乳交融之感会升华为默默的关爱、无私的奉献，不计较岁月、不计较命运。

如果你没有这种感觉，那就是你那个“对的人”还没出现。爱是一种信仰，你善待它就会鹣鲽情深，你遗弃它就会孤独终老。即便是三妻四妾、子孙满堂的大富豪也未必能找到灵魂伴侣，人们歌颂爱就是因为它的平等性和稀缺性，梁山伯与祝英台如此，罗密欧与朱丽叶也是如此。

后来我俩相约离开了我们各自任职的单位，前往一个陌生的城市展开了我们新的人生旅程。当我挥别深圳公司的时候，老板还以为我被猎头挖去了更大的企业，万万没想到我会为了追求爱情而放弃要职。

没有破就没有立，在成都生活的三年是我人生中最重要的岁月。我们在那里结婚、生女、安家、立业，在那里享受天府之国赋予有情男女该有的福利，就像是赵雷唱的那一首《成都》一样：

直到所有的灯都熄灭了也不停留；

你会挽着我的衣袖，我会把手揣进裤兜；

走到玉林路的尽头，坐在小酒馆的门口……

和我在成都的街头走一走，喔……

假日里我们会带着小女儿去城市周边的山林古镇郊游，在农家乐品尝山珍河鲜，去宽窄巷子喝下午茶，去锦里武侯祠看变脸吃小吃，偶尔也会“血战到底”搓一下川麻应个景，而茶馆和美食永远是成都人的最爱。

我们小区旁边就是酒吧广场，晚上我们俩经常会携手散步，选择户外的雅座倾诉衷曲，直到半夜……幸福的岁月就哗啦啦不知不觉地流逝了。

为了给小女儿更好的学习环境，我们还是决定回到我们相识之地生活，在北京我们就像鳟鱼洄游一样自在，和许多老朋友又重新接轨了，幸福的生活继续延烧，每天我们都像初识一般腻在一起。写到这里，我不禁想起电影《心有千千结》里的诗句：

问天何时老？
问情何时绝？
我心深深处，
中有千千结。

我的小女儿长大后，我会告诉她：你就是我们幸福的结！

# 7. 阳光，咖啡，香榭丽舍

早上在北京华贸中心送走了友人，来到了 SKP 购物中心的咖啡厅，点了一杯卡布奇诺，选了一个室外有阳光的位子坐下来。看着街上来来往往的行人，不禁想起那段曾经往返于北京与巴黎的岁月。巴黎是个迷人的地方，80 年代如此，90 年代如此，到现在还是如此，仿佛这个城市不需要改变。埃菲尔铁塔承载着过客们永恒的记忆，凯旋门、卢浮宫、塞纳－马恩省河畔都留下了许多浪漫的故事。

许多游人走在巴黎的街道上会觉得阳光很和煦，犹如法国咖啡般香醇。旅居法国时我也经常独自到香榭丽舍人潮最多的地方去歇息，阳光和咖啡是午后心灵最大的慰藉。

北京的生活步调太快了，咖啡馆里缺乏独自享受阳光的人，嘈杂的商谈声也让人无法清静下来，我只能在杂音中隐约听到咖啡馆中播放的法国香颂。这被深藏起来的异国情怀一旦被唤起就一发不可收。

看到 SKP 爱马仕专柜门前排起长长的队伍，也许浪漫对于北京人而言就是玫瑰和名牌包包。可在巴黎除了珠宝和时尚之外，还有阳光和咖啡这类唾手可得之宝。年轻人无须花太多钱就可以获得许多快乐的时光，也许是北京的阳光过于炽热，也许是美式咖啡缺乏那种浓郁的香味，美女虽多浪漫难觅，心不静一切都显得浮躁不安。

事实上，和出入于 SKP 的贵妇相比，那些漫步在香榭丽舍的法国人往往三过名牌店而不入，他们停留最久的地方都和花、美食与音乐有关。巴黎的浪漫是缺少不了法国人的，他们的风情万种掀起了时尚的潮流，也沉淀于香榭丽舍。

相信北京也会有一条大街，能体现出北京人的浪漫。当大家开始沉浸在温煦的骄阳中享受自然时，这个社会的焦灼与肤浅也就如北京的雾霾被大风吹散了。

北京不乏绿地和公园，也不缺剧院和音乐厅。这个城市的文化底蕴已经是中国最超前的了，但是繁忙的生活让北京人无福消受自己已经拥有的一切，还是工作的压力让大家只能在闲暇时追逐物欲无穷的快感？

我们总是将未来的生活勾勒得很完美，我们想当然地认为我们在老去时能够享受自己辛苦耕耘所得来的一切，可是我们的生活节奏太快了，也许还来不及刹车就直接驶向坟地。

我们贪婪地追求一切刺激与快感，却从不思考什么是自己真正想要的，也许一夜醒来我们突然间意识到这个世界最珍贵的也就是最简单的东西。一束阳光之下，我们朝气蓬勃地迎接生命中的每一天；晶莹玻璃窗外，一杯香醇的咖啡也能散发出爱和激情。

如同巴黎人一样，让我们一起捐弃华尔街那些精神贫瘠的数字财富，共同打造可以留住温暖的社会。让阳光从窗外照射进来，让鸟语花香倾泻在碧草如茵的温馨家园。

让我们一起讴歌生命吧，让原始深刻的情感引领我们走入心灵深处；让简单的感动投映出年轻奔放的旋律。香榭丽舍，我们歌颂你，不只是因为你有阳光和咖啡，还有你少女般浪漫的热情，和一张纯真不变的脸。

# 8. 今夜，酒店是我的归宿

我天生驿马星动，自小常常搬家。在就学时也喜欢走动、到处旅游，工作之后更是频频出差。旅居欧洲时也马不停蹄，最高纪录一年出差 283 天（在荷兰工作时），频繁地离境连荷兰政府都有愧于收取我的所得税（荷兰法律规定外国人在当地居住少于六个月可以退还所得税）。

这几年，在国内忙碌的我经常三点一线地跑：酒店—客户公司—机场，回忆起来，好像自己不是在去酒店的路上，就是刚刚从酒店离开。然而，酒店住久了还真会上瘾，尤其是那些发生在酒店的点点滴滴。除了事、物外，还有人，一个酒店代表一种心情、一件往事、一个伴侣和一段回忆。当然，舒适的酒店可以让人心旷神怡、流连忘返，发生在酒店的浪漫故事更让人缱绻不已。

《地之国》作者约瑟夫·奥尼尔就长期住在纽约的切尔西酒店里，他钟情于酒店里那种休闲度假的感觉。欧洲的许多艺术家也都居无定所，到处漂泊，酒店自然是他们最常落脚之处。

事实上，有了自己熟悉的品牌酒店，即使要到偏远、落后的地区旅行我们都不必担心，因为酒店总会尽可能地提供给我们舒适的环境。就像那年我去了加尔各答，根据旅游手册我选择了熟悉的喜来登酒店，虽然离贫民窟不远，酒店里面却是异常舒适。露天的游泳池让人丝毫感觉不到加尔各答城市的脏乱和酷暑，一杯鲜榨柳橙汁傍在懒散的躺椅边更让人清爽畅快。

而在拉斯维加斯及迪拜那种沙漠城市里，一幢幢超级豪华的酒店亦使人激动不已，顿生“人定胜天”之奔放。在以色列埃拉特的海底餐厅和红海潜水时，更让我忘却了自己身处于战乱之源的中东，有置身桃花源之感。

有时候我们会忘记所处城市的人文特色，或是田园风光，一处璀璨奢华的酒店（如帆船酒店、安缦酒店）却能让人回味无穷。新冠肺炎疫情防控期间，我们无法出国旅游，却仍能从北京、上海、杭州、成都、珠海等城市挖掘出一间间具有特色的酒店满足我们出行旅游的需要，而坐落在酒店房间内的温泉池和私家游泳池更为我们全家人提供了最安全的度假设施。

当然，在华丽酒店的贵族氛围中更容易牵动爱的旋律，千里之外那种“同是天涯沦落人”的情怀总是令人毫不设防地暗生情愫，而总统套房、香槟酒和 999 朵玫瑰也不是一般人可以抵挡得了的。

在加拿大 Banff 温泉酒店里、在法国水城诺曼底酒店迎着海风的城堡中、在西西里岛桃尔米纳 Grand Hotel Timeo 的宏伟阳台上，在巴黎四季酒店的奢华套房内，都不乏“惊天地、泣鬼神”的浪漫传说，无论甜美的、苦涩的、短暂的，抑或恒久的爱情都曾经滋生在这里。

我西班牙的年轻朋友告诉我他储蓄多年，为的是和家人来巴黎时能入住 Lutetia 酒店，感受一下当年毕加索和海明威在此住宿时的心境。

我一般出差最常入住的当属交通便利的商务酒店了，而这些酒店的格调和质量大致差不多，也容易让人迷惘。在我出差最频繁的那些年我有时会在半夜醒来时迷糊撞墙，刚走出睡梦中的我早已忘记身处何处了。

在与这些商务酒店为伍的岁月中，我也尽可能地更换酒店，通常我最关心的是酒店里的游泳池和健身中心。瑞士的某些商务酒店甚至还提供高尔夫球和 SPA 套票，让客人能公私兼顾，其服务质量也一如他们私人银行般专业和周到（瑞士的酒店管理学院是世界知名的），当然这也要看公司的出差预算标准。

其实，就像大前研一在《旅行与人生的奥义》中所建议的，即使会超过公司出差预算，贴点钱住进自己喜欢的酒店也是值得的。

翻看了一本本相册，回忆起过去 30 年间旅游时所入住的每一间酒店，想起我意大利的朋友说过的话，他总是不提前预订酒店，而是到了当地，详细考察了人文环境后再选择最优雅的地方落脚。所以他常常能挖掘到旅游手册上没有提到的精品（拾遗捡漏），因此他分享给我的照片也常带给我惊喜。

事实上，欧洲一些具有特色的酒店还是需要提前预订的，如果携伴同行，也能提前做准备，安排和酒店设施匹配的行程。这样会物超所值，也许一辈子都忘不了。是的，好东西要和好朋友分享，诗人余光中只身在美国游学时总是慨叹其夫人范我存未能随往，失去了和佳人共享美景之趣，而再豪丽的酒店、再曼妙的风光一旦缺乏知心伴侣就会失色许多。

我们无法保证诗人情怀可以随处奔放、巧遇知音，但是我们相信许多发生和未发生的罗曼史都曾在酒店里发生，也注定要在酒店里发生。

今夜，酒店是我的归宿！

# 9. 今夜，红酒是我的知己

鼠年岁末迎来北京最冷的一天，零下19摄氏度伴以六级强风让街上行人纷纷躲避。晚上会所更是挤满了人，情侣们纷纷抱团取暖，落单的人只能借三杯两盏淡酒来驱赶室外的寒气。望着晶亮酒杯中鲜血般的佳酿，独自静坐一隅，伴着柔和的乐声追忆起我人生中的第一杯红酒，以及那个18岁的青涩少年。

当时比较流行喝啤酒，杂货店能买到的葡萄酒极其有限，聚餐时父亲在东京任职的同学带来一瓶据说是日本最好的红酒，让大家惊奇不已。我们都不知道如何开瓶，最后以一杯红酒的代价找来有经验的邻座才打开瓶塞，大家尝了一口便以狰狞的表情结束了这次的品酒大事，异口同声对写下“葡萄美酒夜光杯”的“王翰”表示深度怀疑。

看起来人生所有美好的“第一次”都是那么苦涩，有时还没开始就结束了。

到了法国，才知道红酒和雪茄一样都是需要精心呵护的，估计当年的第一杯红酒是暴晒过的，酒体已被大大破坏。而且陈年老酒还需要一小时以上的“苏醒”，否则就表现不出它香醇的韵味。

各地的红酒都体现了当地的风土特色，酿出来的味道更是大相径庭、各有千秋。如同那些经典的传世乐曲也非人人能懂，只有了解当地风土人情的人才能分辨出Romanee-Conti红酒中黑皮诺琼浆所散发出来的那种精致醇厚、馥郁持久的香气，以及单宁细腻而有力、平衡而又凝缩，丝绒般质地柔滑的优雅口感。

这种难得的佳酿（每年就6000瓶）连那些知名的波尔多酒庄主也梦寐以求，成为红酒大师一辈子追求的梦想。看来我们18岁的遭遇犹如癞蛤蟆吃天鹅肉，暴殄天物。

由于工作的缘故，过去30年来经常出差，红酒成为我和客户拉近距离的润滑剂，微醺的感觉总能瞬间拉近几个陌生人之间的友谊，很多商务合同也经常在酒桌上完成。尝一片上等的和牛，啜一口陈年拉菲，香味在口中水乳交融、翻滚、催化，味蕾带起的满足感顿时传到心底，个中滋味只有当事人知道。

当然，参观酒庄也是我一大爱好，除了能品尝到各地名酒之外，有时也能和酒庄家族对话，细听他们的历史渊源和宗族传承。法国政府对于红酒的管理是世界上最严苛的，对于葡萄汁的来源、年份和产地的标识更是毫不妥协，一旦发现造假可以罚到破产。

为了凸显红酒各产地特有的风土本色，许多法国葡萄酒产区法规对于灌溉也是明令禁止的。这种文化底蕴也让法国名酒产区能引领世界，历久不衰。一旦干旱来临（或是雨水过量），那些名庄宁愿颗粒无收也不会投机取巧，这也解释了为什么我们在市场上找不到有些歉收年份的酒。

即使装瓶后才发现口感不对，酒庄也会全部砸掉，看起来海尔集团张瑞敏怒砸冰箱的举动也是受到法国酒庄的启发。无论什么行业，大家对质量的追求和挑选对象的标准一致：宁缺毋滥。

是的，葡萄酒是有灵魂的，非但能传递风土的特征，也记录着每个年份的气候状况。了解不同年份的特点和天气状况，对于收藏者来说非常重要。与年份相关的参数特征往往影响着葡萄酒的价格。

一些列级酒庄的葡萄酒，如果年份的条件不好，市场价格会相应下调；如果年份优异，其价格也会相对上涨。同一个酒庄不同年份的酒价甚至会相差几倍，就像市场上1982年的拉菲曾经被炒到10万元一瓶，和1980年的拉菲比起来要贵上四五倍（1980年是差的年份）。

所以红酒并非越陈越贵，有一次我就在圣艾美侬产区找到一瓶和我同一年出世的红酒，花了我200欧元，和他们1990年的同一款酒售价相同。

就产地而言，法国勃艮第、波尔多、卢瓦尔河谷、罗讷河谷，意大利的托斯卡纳、皮埃蒙特、威尼托，西班牙的里奥哈、安达鲁奇亚，葡萄牙的波都等，大家都耳熟能详，属于旧世界的知名产区；而美国的纳帕山谷、乌伊拉麦狄谷，南非的开普，澳大利亚的猎人谷，阿根廷的门多扎，加拿大的尼亚瓜等，也能列入世界前10大葡萄酒产区之列，属于新世界的知名产区。

相比于旧世界追求道法自然，新世界的葡萄酒更讲究酿酒工艺，以现代化的农业优育技术、规模化的种植、一流的酿酒设备来突破品种、土壤、气候条件下的各种不稳定因素，辅以华丽的酒厂景观、极富艺术感的酒瓶酒标设计及创新的营销手段，树立了独特的气质和品位，也获得了无数品酒大师的高度赞扬。

在酒庄里用餐是另一种享受，前年我和北大教授在南非开普敦游完了好望角，看完了企鹅，便驱车前往开普敦葡萄酒产区，正好赶上了在康斯坦提亚酒庄午餐的时间。他们有全世界知名的贵腐酒，佐以鲜美的帝王鲑和蓝龙虾，加上特制的奶油切达干酪和蜜汁火腿，让我们三位老饕至今仍回味无穷。返京后我们共同进口了几千瓶南非葡萄酒，以亏损告终，看来国人对南非葡萄酒的内涵认知还不够。

赶在新冠肺炎疫情和加州山火之前我还和友人重访了纳帕山谷，沿途青山绿水、碧草如茵、华丽庄园美轮美奂，午餐时造访了斯特灵酒庄，我从山脚处乘缆车到达山顶，尽览纳帕山谷全景。这次我们享用了加州上等牛排，佐以斯特灵顶级陈酿，加上特制的塔可卷饼、提拉米苏和科伊巴雪茄，直教同行的美国友人大呼过瘾。

我朋友在谷歌工作却一直没有机会去纳帕山谷，经过那次处女航之后他竟养成了品酒和抽雪茄的习惯，现在每天都要喝上半瓶红酒、抽三支雪茄。他还到处宣传，说："这一切都是Steve造的孽。"真是有冤难鸣啊！

其实，适量饮酒是对健康有益处的，在华灯初上、氤氲烟起、弥夜未央时分，挑一家米其林餐厅，找个不聒噪的角落，静静聆听曼妙乐章，细细品味美酒佳酿，享受美好时光，就像我一样。

今夜，红酒是我的知己！

# 10. 北大荒

最近从二手书网站上淘到了一本梅济民的《北大荒》，欣喜若狂，记得我第一次读它的时候才 18 岁，立即被作者隽永的文字及浓烈的乡愁深深吸引，我骤然对东北那一块肥沃的黑土地感到好奇，从来没看过雪景的我瞬间对皑皑千里雾凇的奇观充满幻想。

这本书讲述了黑龙江省松花江以北的荒原故事，从春天到冬天、从平民到贵族，内容波澜壮阔、跌宕起伏，令人恨不得立即穿越到那个时代，将沸腾的热血倾注于寒风凛冽的松花江畔，参与那一场伟大的民族战争。

作者于 1937 年生于黑龙江绥化，在 7 岁时随爷爷离开了家乡。

即使离开家乡甚早，作者却对家乡的一切记忆深刻。他爷爷巨细靡遗地告诉他家族过去的辉煌事迹，勉励他要持续家族的荣耀。就是这样的背景，我才有缘接触到百年前东北之优美，那时哈尔滨已经建成一座“东方莫斯科”。

不料，命运多舛的作者在弱冠之年却坐了 20 年的牢，在狱中他只能凭着记忆把家乡的一切记录下来，陆续完成了《长白山夜话》《牧野》《梦的回旋》和《北大荒》等脍炙人口的作品，感动了许多和他有相同遭遇、背井离乡的外省人，也感动了下一代的我和许多对当代历史怀着憧憬的青年。

一直以来，日夜萦绕的北大荒壮丽风光和可歌可泣的历史悲情，不断地催促着我，内心的声音引领着我毅然放弃高薪要职，从巴黎回到中国工作，因此得以和北大荒的少女结缘（内人和作者都出生在绥化，幼时都居住在哈尔滨）。

前仆后继，我发现有许多人都和我一样宁为鸡首，也不愿在大时代潮流中落于人后。当然，即使是在百年前国家最穷困最危险的时刻，也有像詹天佑、周恩来、钱学森、赵九章等心怀社稷的时代伟人，纷纷辞别西方优渥的生活返国报效国家，至死方休。

《北大荒》著作中的《长白山之夏》已被翻译成外文收录在瑞典的教科书里，文中描述着："采药工人背着帐幕和食粮，整个夏季都漫游在荒山野林间，辛勤工作的同时，也享受了长白山最美的季节：翠绿的树梢上飘浮着云彩，清凉的溪水，习习的山风，艳丽的野玫瑰、剪山罗和野铃兰到处散发出无数的诗情画意。采药工人是天生的植物学家，不必走进学校就能清楚说出各种野生植物的性质和功效……"

在北大荒，夏天在长白山里采木耳的活儿就是妇女和儿童的专职，暑雨一过，孩子们就领着成群的猎狗走进森林，从枯朽的老树干上摘下黑茸茸的木耳。狗在森林里是眼观六路耳听八方的，稍有可疑之处轰然一声立刻成群地朝野兽冲扑过去，孩子在他们保护下是万无一失的。

整个夏天就像生活在诗中，阳光从树隙间穿射下来，在林影模糊中造成一道道美丽的光束。在山鸟愉悦的歌声里，在野花沁人的晨芳中，踏着露珠从森林走过，工人和妇女孩子们用锄头开启一天壮丽的序曲，欢乐的日子在不知不觉中过去，满载而归的幸福写在脸上。

长白山的夏季严禁捕猎，因为野兽们都还小，牧民们还会为不小心受伤的小野猪、小豹子疗伤，并将它们送回到母亲的身边，看起来老祖宗对自然规律的敬畏比我们这一代强啊！

我则最喜欢《九月的乡愁》这一篇文章，它描写作者对母亲无限的思念，想象着自己一别经年，母亲在秋天塞草结霜的日子里，站在飘零的落叶中，苦苦盼望着爱子归来的心情。

他想起自己五岁从哈尔滨回到草原家乡时，母亲一大早就骑马去往数十里外苍茫的小河畔翘首凝望时的情景。他揣想着每年的秋天，母亲是否仍然顾盼着黄昏的远林，幻想着她流浪的孩子突然出现，或是仰望着那些南归的雁阵，在惆怅地寄语她远在天涯的爱子。

每到9月，作者总爱坐在桃园住所的楼窗边，从窗棂间望着天上洁白的流云，让思乡的梦魂自由飘浮在回忆的烟缕里：一头小鹿忽隐忽现地跳进园圃的篱笆偷食母亲种植的白菜，连绵大雨中暴涨的江河淹漫过村庄和牧场。

他忆起那个可纪念的清晨，早春的阳光遍洒在牧野的冰雪上，放牧的马群奔腾在无边草场里，他母亲送他和爷爷走出牧场，伫立在闪闪发光的雪地中。虽然大家都在微笑，他却能感受到母亲惜别时的伤痛，那一句“我知道你一定能把自己照顾得很好”让所有的人都哭了。

作者那一代人出生在烽火里，每个人的生命都像是一首悲怆的史诗，在满载乡愁的9月，远离家乡的游子只能细细地回忆、轻轻地叹息。

我第一次踏上北国的土地是在2002年的春节，刚好是作者梅济民去世的那一年。在冰雪大世界欢娱的气氛下，在哈尔滨中央大街的璀璨中，或许我们已经无法想象百年前北大荒所发生的一切。

然而，优美的词藻和感人的故事却能一再唤起我们对壮丽山河的迷恋和对先民们炙热的敬爱，是他们用鲜血谱写了悲壮的民族史歌，是他们用生命换来中华民族的复兴。

北大荒对我而言，不只是浓烈的乡愁，还有一份民族使命感。虽然书已经绝版了，那一份百年思念仍将继续传唱下去。

# 11. 路，在我的脚下也在你的脚下

路的建造和人类的文明是分不开的，所谓“筚路蓝缕，以启山林”，每一条路都是先民辛苦的结晶，我们在享受路的便利的同时也在路上留下了痕迹。

脚下的是路，眼前的是路，心头的还是路。世间的路有千万条，长长短短，纵横交错，我们无时无刻不走在一条路上，或平淡无奇，抑或不同寻常。想一条路，便会有所渴盼；望一条路，便会有所憧憬；走一条路，便会有所感触。

我是一个生命的旅者，无论在哪里，我永远在路上，路带我去远方，也送我回到温馨的家。我的家在路上，目的地也一样，路的两头连接着我和家人及朋友，也牵系着我的灵魂和思念。

记忆中的第一条路是故居前的泥石道，我的童年就在这条道上开始孕育。那个时候，我们会在这里骑三轮车、打泥仗、追着母鸡跑等，这条路是我童年世界的全部。

直到上幼儿园后，我才开始和机动车结缘，那时的路上有马车、牛车、摩托车、轿车和校车。当时，父亲买了他的第一辆摩托车，经常载我去县城走访朋友，他让我坐前面的油箱上，匍匐在车上的我像一只小袋鼠，两旁街景飞驰而过，既刺激又痛快，每次遇到加油站就知道离家不远了，我都会尖叫一阵。

回家的路最为好走，常常让我们昂首阔步。回家的路，无论远近，都会有醒目的标志做指引，也会有熟悉的味道一路相伴。走在回家的路上，再大的风都会为你而轻柔，再强的雨都会因你而停歇。

儿时回家的路是三两条村落的石板小道，抬头就能看到家的炊烟与灯火，几步就能跑进家的城堡。现在回家的路是顺着游子的思绪而归。回家的路，越走越让人胸中有数。

我在6岁时开启了我的小学生活，我对马路也有了新的诠释。我喜欢钻进小巷里探索日式房子的秘密，到废弃的荒地去捡拾用来打磨木剑的钢筋，或是随着大人混进电影院里。我常常迷路但总是难不倒我，妈妈告诉我“路长在嘴上”。有一回警察叔叔还用车载我回家，让我感受到人世间的温暖。

比起小小的蜗居，我更喜欢外面的世界，常常过了饭点才不得不回家，也因此没少被祖母责骂。后来我开始去探究路名，发现很多城市都有中华路、中山路。

学生时代，逛完了校园我就逛夜市、看外国电影、读外文书，从而我对欧美文化产生了浓厚的兴趣，暗暗立志要到条条道路都能通的罗马看看。

不知不觉地，我也从学生开始步入社会、海外留学、就业、创业、结婚、生子，但我每次返乡探亲走儿时常走的路时，都有不同的惊喜，也偶尔会浮现年少时父母亲在这里的生活片段，那应该是父亲事业上最辉煌的时刻。

后来，我旅居法国，曾经住过巴黎的让－雅克·鲁索街（Rue Jean-Jacques Rousseau）和里昂的巴斯德路（Rue Pasteur，法国著名的微生物学家，开创了微生物生理学）。巴斯德路在索恩河畔，紧挨着里昂第二大学，穿过索恩河就是巴黎市中心广场，再往东走就是罗讷河。

过了罗讷河人行吊桥就是旧里昂（Vieux-Lyon），旧里昂是法国的美食发源地，鹅肝酱、松露、龙虾汤、生蚝、蜗牛、蜜瓜火腿片、酱鸭腿、马卡龙、焦糖布丁、芝士拼盘等，再加上法国葡萄酒和香槟，让人流连忘返。嘴巴和胃是人身上最念旧的器官，即使人在万里之外，每每忆起旧里昂，我就立刻垂涎三尺、按捺不住。

去年，我巧遇一个我在里昂时的以色列籍邻居，20年后我们再次聊起附近的书店、超市、餐厅和旧里昂时仍然倍感亲切，拿起手机从谷歌地图立刻可以看到那条熟悉的巴斯德路。穿过时空，顷刻间，我仿佛变回了那个初生牛犊般的狂小子，这些年没少吃苦头和佳肴的年轻人。

法国喜欢以名人来给路命名，例如雨果路、伏尔泰路、居里路、乔治五世路等。每一条路都各具特色，也颇有历史，想起路名也就唤起了不同阶段的人生记忆，岁月的轨迹也将永远驻留在每一条走过的路上，伴我们成长，也送走我们。

在荷兰鹿特丹工作那段时期，我住在中央大街，大街两旁都是商店，街心有各式各样的小吃摊，叫卖着汉堡薯条、中国春卷和印度尼西亚特色小吃。中央大街的另一头是赌场和电影院，也有迪斯科和钢管舞厅。

由于路名相同，每次去哈尔滨中央大街时都会想起在鹿特丹工作的日子，当时感觉店里的衣服都特别贵，日用品也贵，就是牛奶和香蕉特别便宜。

那时也丝毫不以为苦，每天规律的生活修炼了心灵，使我更能忍耐寂寞。周末晚上偶尔也会和同事去河边酒吧，我已经忘记那条酒吧街的名字了，但多年以后那条街的夜色仍历历如昨。我犹记得当时几个男人酒后深夜的狂笑让我们完全忘却了烦恼，但回国后就再也找不回那种感觉了。

从欧洲回国发展，在上海住过南京东路，也在这里开了计算机超市，当时的“十里南京路”可不得了，熙攘的人潮让街旁的商家老板都笑弯了腰。在周末，客户都要排一个小时队才能买到我们的计算机，和现在的苹果店一样受欢迎，所谓“在南京路没有卖不出的货品”。

“十一”假期的南京路，至少有 20 多万旅客要路过这里去外滩，我们被迫闭店，否则光是人潮就会把店给挤爆。迄今，南京路都还是上海的重要步行街，偶尔去上海出差也会特地去逛逛，感受一下年轻人的朝气，顺便看一眼我们酒店所在的建筑，也就是现在的钻石广场。

到了深圳，我就和深南大道结下了不解之缘。我先后住在华侨城及东海广场，也先后在南山科技园和福田大中华国际交易广场上班，这条路上先后出现了中信广场、地王大夏、万象城、京基一百和腾讯大楼。

随着深圳 1 号地铁线的开通，到现在满城密布的地铁网，我也见证了这座小渔村 40 年来的突飞猛进和经济活力。深南大道横穿罗湖、福田和南山 3

个区，又延伸到前海新区。深圳的发展也顺着这条路从东向西，房价越来越贵，每平方米 20 万元人民币的房子在南山区比比皆是。

说到底，京城里的街道还是我最熟悉的地方，中轴线南北贯穿鸟巢、奥林匹克公园、鼓楼、故宫、祈年大街、天坛以及百里长安街沿线的国贸、东单、天安门广场和金融街，东西再延长到通州和石景山。从北京的二环、三环、四环、五环到六环，随着京城中心的扩大，让我们不再以传统的皇城来衡量这一座城市。

北京也是无比包容的，徽派戏剧能够摇身一变成为京剧。川菜、鲁菜和粤菜更是北京人的最爱，潇洒地散落在簋街、三里屯、前门大街、什刹海、食宝街，只要你去了就能余味无穷。

再美好的回忆永远也比不上眼前的风景，看不腻的旭日初露、暮霭霞光和千变万化的浮云彩月、落英缤纷、喜鹊讴歌、垂柳摇曳、荷塘夜色等，处处都让我对这座城市的赞叹无以言表。

再宽阔的道路嵌入在宏伟的京城里总显得那么渺小，再壮丽的建筑看起来也只是首都中的一颗明珠。我和其他 2000 多万生活、工作、学习在这座城市的人们分享着属于这座城市的故事和荣光，仿佛走在 5000 年历史的长河中。

"一带一路"的起点也许不在这里，但北京总能让人感受到通往北京的路和北京通往世界的路，宽广而坚实、久远而绵长。

走过必留下痕迹，路，在我的脚下也在你的脚下。

# 12. 京城里的中央公园

记不清从什么时候开始有了晨跑的习惯，这个习惯一直伴我读书、工作、出国。晨跑的路线也随着我的旅居迁徙而不断改变，一处处晨跑路线化为鲜明的生活记忆，故地重游时也会有不少的触动。

小时候家我住在一个公园附近，公园棒球场的跑道曾是我每天必去之地，当时我是同好中年龄最小的，许多老年人光着膀子跑得比我都快，随着年龄的增长我也逐渐超赶他们了。

当时公园里常有人在打太极、跳交谊舞，鱼池里的锦鲤、树梢的夏蝉也随着乐声律动起来。我穿梭在皎白的长廊、音乐厅大剧院的广场中，沉浸在富氧奔放、汗流浃背的写意中。

后来被公司派驻欧洲，我先后住过鹿特丹、里昂和巴黎，这些城市的共同点是都有美丽的河流，马斯河、罗讷河和塞纳－马恩省河河畔都曾是我晨跑的地方。清新的空气、潺潺的流水和疾驶的汽车成为早晨的第一道风味，碧空的飞鸟、轻盈的蝴蝶和遛狗的男女也常陪伴我揭开一天的序幕。

欧洲人普遍有晨跑的习惯，相信在新冠肺炎疫情下他们最想做的就是到河边狂奔一下，虽说跑步是最廉价的运动，但要找到适合跑步的场所和时节有时又显得奢侈。

回国后我先后在上海、深圳、成都、北京工作过，每到一处地方我都会挑选临近公园的住所，为的是每天早晨能有跑步的地方。静安公园、深圳湾公园、锦城公园和团结湖公园都曾伴我度过早晨的光阴。经常有人问我最喜欢哪座城市，我则认为住在哪个城市不重要，重要的是住在城市中的哪里。

比如在巴黎也有阴暗的角落，在加尔各答也有宫廷式的花园洋房，当然在不同国家选择宜居之地所需要付出的代价也有所不同。是的，清晨的光阴特别宝贵，能享有一处舒适幽静的地方晨练非常重要，即使要多付一些代价也是值得的。

北京朝阳公园也许是一个不需要付出昂贵的代价就能与之为伴的地方，这也要感谢它的辽阔。朝阳公园始建于 1984 年，南北长约 2.8 公里，东西宽约 1.5 公里，规划总面积为 288.7 公顷，其中水面面积 68.2 公顷，绿地占有率 87%，是北京十大最美公园之一。

刚来北京的时候我就爱上了它，投入了它婀娜多姿的怀抱，20 年来我也见证了这个公园的华丽转身，但迄今我仍然离不开它。

当我还在巴黎时就听说许多定居北京的法国人都住在景园（当时北京房产还有外宾和内宾的区隔），于是我就义无反顾地选择在这里落脚，恰巧对面就是朝阳公园西门，西园有一个废弃的古刹，常有人在这里舞剑、打太极拳。

朝阳公园里的景致四季分明，四月春花绽放、柳絮飞扬，盛暑满塘荷莲争艳、蛙叫虫鸣，金秋时节残柳枯荷、落叶缤纷，到了冬天则冰冻三尺、返璞归真，唯一不变的是我轻快的脚步和对大自然的讴歌。

由于景园周边的外国人多，朝阳公园西门催生了第一家婕妮璐 JennyLou's 超市，里面的食品和日用品都是进口货，价格也很贵。当时去光顾的一般是老外和假老外，看他们眼也不眨地推着堆满高档商品的手推车排队结账时，我感觉不太真实，后来婕妮璐一跃成为知名的精品超市连锁（我现在每周都要去光顾一次），看来北京人的消费能力不容小觑。

另一家北京知名的酒吧苏西黄（SUZIEWONG）也曾坐落于此，酒吧中印度味道的酥软和东方情调的奢靡香气，在拥挤的空间融合成一种可以让人五迷三道的气味，尤其那个有罗帐的大床总有人慵懒其中，捧着水烟袋吞云吐雾，宛若土耳其后宫。这家酒吧，除了老外之外，煤老板和明星也是常客。

从我的窗口望去，一辆辆豪车傍晚在这里汇集，到半夜两三点才陆续散去。有时我也会去凑热闹，经过门廊时快速扫视这里的明星大腕、美女如云，然后直接到二楼平台花园点杯啤酒（罗帐包间有最低消费），目光瞄准落单的老外，和他们“君自故乡来，应知故乡事”般地把酒话桑麻一番。刚开始这些老外对我还有他乡遇故知的感觉，后来他们也见怪不怪了，北京的海归潮也是从那时开始的。

其实，朝阳公园真正的变化发生在南门，先是滚石迪斯科及其商场被整体拆迁了，再有棕榈泉公寓、公园大道等豪宅的出现。四环外也有了观湖国际、泛海国际等项目的建设，从此公园周边聚集了达官贵族和商贾新富。

记得棕榈泉公寓刚刚推出的时候房价瞬间从每平方米 9000 元涨到 1.3 万，再到破两万（现在要十万），售楼处挤满的人潮让我目瞪口呆，那也是中产阶级通过房产造富的初始阶段，我也有幸参与了这个过程。看来在京城要找个公园跑步的代价只会越来越高，看看曼哈顿的中央公园周边就知道了。

我觉得最能体现朝阳公园价值的是蓝色港湾的规划和落成，当时有许多神话般的传说，说是这里要建一个国际级的购物中心，规格堪比伦敦的特拉法尔加广场，在北京奥运期间要让外国人有宾至如归的感觉。2008 年北京奥运会沙滩排球场就在朝阳公园，从赛场步行到蓝色港湾只有几百米的路程。

现今每年一度的灯光节将蓝色港湾点缀得比伦敦更绚丽，湖畔的露天餐厅更是引人入胜、极度浪漫。北京已位居国际大都市之列，北京人对美食的要求也是世界级的。

现在我仍然选择了朝阳公园作为生活圈的中心，经常陪家人去赏花踏青，再漫步到蓝色港湾，享用丰盛的美味佳肴。我女儿喜欢到朝阳公园玩旋转木马、溜滑板、划船、看马戏表演，或是去露天滑雪场感受一下北国风情。朝阳公园周边的生活机能也非常丰富，好运街美食、郡王府宫廷菜、蒙古大营烧烤、骏豪中央公园广场、三里屯等，这里应有尽有。

有一句俗语：人在福中不知福，住在朝阳公园附近你永远不会有这种感觉。每天的日升日落、花开花谢，浓浓的幸福感尽藏其中，期待你去细细咀嚼、慢慢回味。

# 13. 父亲的假牙

昨晚又梦到了父亲的假牙，上周视频通话时看到他的上颌只剩下两颗门牙了（比我母亲多了一颗），他说假牙不好用，牙周疼得让他无法进食，只能吃一些流质的食品了。

好像一夕之间我父亲就变老了，记得父亲总是神采奕奕，一点显不出是87岁的人。他继承了我爷爷、奶奶的长寿基因，三年前的春天我安排他随团去九寨沟旅游，一路上冰天冻地却丝毫不减他旅游的兴致，还和甘孜的藏民牧民打成一片，爬坡时体力更不输给同团的年轻人，春寒料峭的气候也没有阻挡他前进的步伐。

我的祖父专做出口生意，因此父亲的童年生活比其他孩子要宽裕些。当时物资匮乏，番薯是主食，他们偶尔还可以吃到肉和米饭。其他人就没这么幸运了，只有逢年过节才能吃到荤食。

当时的大学人才辈出，出国深造的人数比较多，我父亲虽也考取了公费留美，却因为祖父的公司倒闭怕债主质疑主动放弃了出国的机会，才有我们兄弟姐妹四个先后的诞生。

我开始有记忆时，我父亲担任一所初中的教务主任，他的学生经常热情地领我到处玩耍。父亲在学校宿舍的院子里养鸡，天天有蛋吃，后来得了鸡瘟把数十只未染病的鸡都杀了，父亲用开水烫拔鸡毛的景象让我记忆深刻。

父亲还在院子里种香蕉，我们经常会用竹子做弓箭射香蕉叶玩，隔壁家校长小女儿的倩影也让我开始有了懵懂害羞的感觉。这段岁月是我童年最温馨的一段，之后家中突遭变故，我的童年就彻底被改变了。

我父亲离家近6年，这6年刚好是我读小学的时光，我们不得不举家投靠我祖父。祖父当时在市场卖蔬菜，生活也不宽裕，我们只能自力更生。我们四个孩子相继入学，在贫民窟里的小学读书，课余则到附近工厂打工贴补家用。

记得我父亲在信中豁达地告诉我他新读了许多历史书，也认识了许多朋友，他勉励我要孝顺母亲、照顾弟妹，要好好学习。

由于家境窘困，我母亲带着我们兄妹四人一起挤在一间30平方米不到的房间里，一有机会我们几个孩子就溜出去透透气，到处串门子；同学家长对我们这群野孩子也避之唯恐不及，母亲则必须夜以继日地工作才能养活我们。

虽然我在班上成绩不错，我却更羡慕那些成绩平平却有幸福家庭的同学。由于是贫民区的学校，同学间经常斗殴，营养不良的我每次和同学打架时总是落于下风，有一次被同学讥笑是没有父亲的孩子，我气不过拿了一块砖头把同学给打出血了，他们才不敢轻易招惹我。

我的童年就在和父亲通信以及在学校里无休止的身份认同矛盾中度过了，到毕业时，我头也不回地走出了小学校门。

父亲归家后找不到体面的工作，用母亲为他所积攒的十多万开始创业批发棒棒冰，我们的生活也有了显著的改善。那时候他健硕的臂膀能够一次搬运100公斤的货品，勤奋的他短短几个月就和数十家超市建立关系，看起来一切都很美好。

不料两年后台风把我父亲的冰库给淹了，血本无归的他才又北上投靠他的师兄，在一家贸易公司担任外贸部经理，只身远赴土耳其开拓市场，他又被迫和家人分居两地。

不过这次的别离和上次大有不同，母亲对父亲的信心丝毫没有动摇，我们对父亲的开疆辟土也充满了期待。他表示如果事业有成会接我们过去。不料两年过去了，他师兄改行做钢铁进口业务，父亲又回家和我们团聚了。

由于童年的不幸让我对国外的生活充满了憧憬，刚好公司有人员派驻海外的计划，从小注重英文的我自告奋勇竟然被公司接受了，我也从此离开了生活了 20 多年的地方。

刚去欧洲时每次和父亲通话还会超过半个小时，后来昂贵的话费使我不得不戒掉这种奢侈，和父亲就只能鱼雁往返了，一年两次的探亲也慢慢形成了惯例。再后来，工作、家庭、子女和朋友把我的生活占满了，往返的书信也变少了，父母亲也忙着照顾我弟弟妹妹的孩子，随着孙子、孙女的成长，不知不觉他们也就从中年步入老年了。

记得我祖父去世前一年还做过全排假牙，花了不少钱，父亲带他去牙科时我刚好也在。父亲告诉我牙齿对老人很重要，没有牙齿老年人就无法正常进食，就会营养不良缺乏抵抗力。因此我父母亲的牙齿一有问题我都会力排众议，让我弟弟带他们去最好的牙科诊所配一副最贵的假牙。

可是牙周不稳假牙也不管用了，我只能一次又一次地叮嘱我弟弟，让他持之以恒地带父亲去治疗牙周病，不要让他在晚年时还要忍受无谓的病痛。

自从离家后夜里我的电话总是开着，每次深夜里突然响起的铃声总是让我惊惧不已，这些年来身在他乡最放心不下的就是辛苦养育我们的父母亲，悲惨的童年让我们兄弟姐妹紧紧地凝聚在一起，也分别背负着那个年代所留下的伤痛。

相信在那个时代遭受过贫穷苦难的家庭还有许多，而随着时代的发展，我们都过上了好日子。每次看到我父亲眉宇之间那双锐利的眼睛，我猜想如果没有那一场变故，学霸的他应该会是怎样的风云人物。他们这群人的一辈子是那么不平凡，却又是那么容易被时代遗忘。

2018 年李敖过世了，我父亲告诉我他那一届的同学都陆续“凋零”了，那个年代也随着那一代人的逝去而逐渐被淹没了。

最近重读《北京法源寺》的我对和作者同一个时期的读书人油生敬意，我父辈们对于身为中国人负有时代使命感，都曾为国家付出了满腔热血，他们的家庭也为此付出了惨痛的代价。

身为他们家庭的一分子，我为我的父亲感到骄傲。有一天父亲的假牙会永远脱落，时代的使命感却会不断传承下去。

# 14. 矮子哥

有一次老师心血来潮举办了一次投票，要票选出人缘好及人缘差的同学，我们班上有50位同学，我居然以48票获得了“人缘最差”的称号。当天傍晚我骑着单车回家，绵绵细雨中眼泪簌簌地落下来，平常我对同学特别仗义，看来是自作多情了，我人生第一次感到那么无助。

班上唯一的朋友就是我的同桌小小，小小不是他的本名或昵称，而是因为他个头矮同学给取的外号，同样是被歧视的两个人自然就有许多共同的语言了。课间休息时我俩一起去操场踢毽子，一起去上厕所，那次投票以后更是把我俩拴在一起了。

小小的父亲在电力公司任职，被公司派到沙特阿拉伯支持当地政府建发电厂，家就住在电力公司分配给高管的小区里，门前有一个大鱼塘，我们常去虐鱼。小小不爱学习，我总是替他写作业，考试时也“罩”着他。期中、期末考试之前我都会去他家通宵读书抱佛脚，小小的母亲会替我们准备吃的、喝的，非常隆重。我才发现世界上还有这么昂贵的茶叶，喝起来特别的香醇，后劲也强，有助于驱赶睡魔。

小小喜欢打乒乓球，个头小不碍事，那是他唯一自豪的运动。我也因此学会了许多技巧，在运动会上打败了许多同学，报了一箭之仇。好不容易熬到毕业了，我连毕业典礼都没去参加就准备中考了，老师一再恳请我参加考试都被我拒绝了。听说学校对老师的考核是根据考上第一志愿的学生人数而评定的，老师认定我会考上第一志愿，时常刁难我的导师在此时的关怀也令人感到突兀。

初中毕业后小小考进了一所职中，他父亲不满意就让他去美国念书，大家就失去联系了。

关于小小的传闻每次都不同，直到有一次我在街头遇到他，他长长的头发让我几乎认不出来（他发现的我），旁边跟着几位美女。我劝他浪子回头，他告诉我自己没有一技之长，只想做几年存点钱再出来创业。

小小还真的说到做到了，我服完兵役开始找工作时他已经是一家快递公司的老板了。那时候快递还是个新兴行业，要和邮局竞争不太容易做。

后来，我也像小小爸爸一样出国工作了（伯父一直是我儿时的榜样），但我每次返乡探亲都会和小小见面，看着他把生意越做越大，身边的美女也越来越多，我心底却没有丝毫羡慕的感觉。好几次他邀请我加盟他的企业我都没有答应，直觉上总是担心他要出事。

俗话说，夜路走多了总会遇到鬼。小小被逮捕了，他父亲因为伤心过度往生了，他的公司也顺势被别的公司给吞并了。那期间我还特别从巴黎回去探望他，他泣诉说他老婆卷款去了美国，他已一无所有了。

2010 年小小出狱了，我资助他 10 万元，他问我能不能多借他 100 万元供他创业（答应给我股份和利息），最后我直接送了他 50 万，告诉他不必还了。自小我父亲告诫我朋友间一旦牵扯到借贷就会伤害感情，所以我一直秉持着这个原则。小小拿了我的 60 万元去了东莞，音信全无；几次我打电话给他妈妈，他妈妈也不清楚他的行踪，我不断地安慰伯母，每次回去都会探望她。

两年前的冬天我收到了一通陌生电话，第一句话是：“你知道我是谁吗？”我立即就将电话挂断拉黑了。我经常接到这种陌生套近乎的电话，不是假装你久无联系的老友就说是老乡，总之诈骗电话千奇百怪，一不小心就会上当（我在首都机场还被一个骗子骗了一张机票的钱，后来电话都联系不上）。

过两天这个声音从一个固定电话又打过来，原来是小小，他告诉我他发财了，现在是一家汽车抱枕公司的老板。他将各种不同款式的抱枕放在网上接单，然后再组织工人生产，薄利多销，每个抱枕只赚 10 元。他的仓库里有成千上万种不同款式的产品，库管就成了大问题。他开始创业时总是因为货品丢失、库存混乱、送错货而赔钱，由于毛利率低差点倒闭，直到他遇到了忠诚能干的谢总。

谢总以前只是个保安，在小小的供货商门口站岗，有一次小小去拜访这家供货商时老板气冲冲地告诉小小：“这个保安太不识相了，虽然我说过所有员工必须佩戴工牌才能进入公司，可我今天忘记佩戴工牌他居然拦住我；我质问他：‘你认识我吗？’他说：‘认识，你是老板，可公司规定没戴工牌就不能进公司！’好说歹说他就是不让我进门，白白浪费我两个小时，这种笨人我必须将他开除。”

小小立即向这位老板要了谢总：“如果你要开除他就把他交给我吧。”小小安排这个保安管理物流和仓库，按件计酬：如果短少一件就罚一百，错发一件就罚二十，如果没发生问题每件给一元。由于谢总认真又仔细，第一年光奖金就进账60万元，小小另外送他一部宝马车作为奖励。三年过去了，公司未曾发现丢失发错货品的问题，客户满意度也得以提升。“今年我们应该可以做到四个亿。”小小信心满满地说。

没想到小小的个子不高、学习不好，头脑倒是很灵光。他从小在社会摸爬滚打练就了一身功夫，别人眼中的垃圾却成了他的宝贝，我开始对他刮目相看了。每次去东莞他还是会请我去夜总会，眼花缭乱的节目仍让我目不暇接，我也不像过去那么排斥了。看到小小游刃有余地周旋交际，让我也童心未泯，回忆起我俩的疯狂时光，想必高尚和底层人的交集就是在这种地方了。

无论你西装革履，还是拖鞋、短裤，在一曲高亢激昂的《爱拼才会赢》之后体面与不体面一切都变得不那么重要了。以前我总告诫小小要走“正路”，可这个社会能容许放牛班的学生循规蹈矩地成功吗？什么又是“正路”呢？

按照钱来衡量成败的话，小小早就在正路上走了，反倒是我们前怕狼后怕虎地一直在所谓的“阳光大道”上匍匐前进。如果说钱不是衡量成败的标准，那什么才是呢？在“大众创业、万众创新”的口号下年轻人是否都该像小小那样天不怕地不怕地出来闯荡？

矮子哥成功了，从此我们绝口不提当时我资助他60万元的事情。我相信他不提的原因是他不愿用金钱来蔑视我们之间的情谊，更何况我也不缺。相信即使有那么一天我变得穷困潦倒了，他也会对我伸出援手不求回报的。这就是患难之交的真正意义，不是吗？

# 第三篇

# 异国印象篇

# 1. 浪漫的法国人

法国自诩为欧洲的中心，第二次世界大战以后他们持续稳定发展了 70 多年，经济持续的繁荣发展也宠坏了法国人，让许多年轻人得以“躺平”过日子。

法国提供优渥的社会福利给国民。一个人的生、老、病、死、教育、就业都和政府有关系。

法国在基础科学与民生工业上都有骄人的成绩，法国在农业（红酒、香水）、时尚（服装、珠宝）、艺术（音乐、油画、电影、雕塑）、旅游（世界上外国游客最多的地方）、文学（哲学、小说）、体育（网球、足球、赛车、自行车、滑雪）、航空（空客、阵风和幻影战斗机）、铁路（高速铁路欧洲最强）、核能（核电站最多的欧洲国家）、国防、医药、医疗、金融、保险、汽车工业、矿业、石油化工、人工智能、养老、商业和餐饮业等方面都有非常杰出的企业。

在这仅有 6700 万人口的国度里能取得这样的成就实属不易，你会发现每个行业里的从业人数不多却都非常专精。他们大多尊重自己的专业，也善于变通，创意和新点子在自由的环境中发酵，基础科研理论非常扎实。

他们的教育体系也是多样化的，有综合性大学，也有针对专业技术所设立的高等院校，用以支撑高精尖产业的可持续发展。

身为一个在各行各业都均衡发展的国家，在保持行业的竞争力的同时还要保障人民富足的生活，政府非常为难。

面对全球化的问题，法国政府采取开放的态度。历史上中法关系密切，去法国深造的学生也与日俱增。法国政府也非常重视法文的普及，希望通过语言和时尚将法国文化传播到世界各地。法文在加拿大、美国、部分非洲国家以及奥运会与联合国的某些场合仍然是一种高尚语言的象征。

要和法国人做朋友首先得学习法语，哪怕只是一句 bonjour（早安）都会让你和法国人亲近不少。法国人非常浪漫，时刻不忘调情，所以他们外派到中国的男人、女人们大多不会寂寞。他们也很喜欢到海外旅游，对中华文化有强烈的好奇心。

一个实际又浪漫的民族是令人敬畏的，他们代表了人类文明进化的力量。

法国人敢说、敢为的个性令他们在各行各业中找到乐趣。他们的祖先没有留下太多的祖训和教条，所以他们可以尽情地发挥自我。

在法国，你可以选择各种各样的生活：可以在巴黎过朝九晚五的生活，也可以到农村去享受田园风光（法国的农村非常富裕，农夫收入颇丰，政府有大量补贴），或是到地中海滨去做个渔夫。

法国人对各级阶层的人都非常尊重，也很专业（光是包扎一个伤口就要遵循十多个工序），所以出错的概率非常少（高铁晚点一个小时就可以要求赔偿车费）。

法国人活在各种强制保险之中，不必担心失业，不必担心车祸赔偿，不必担心退休后的生活。这也是联合国揭诸的人类“免予恐惧”的最高境界，他们失业了还能维持体面的生活，因为失业保险金可以高达原来收入的80% ~ 90%。

法国公立大学对于留学生都是免费的，外来劳工能够享受同样的社会保险条件，“绿卡”满五年可以申请法国国籍。就是这样开放、包容的国度催生了欧盟，尽管当时大部分东欧国家尚处在贫困线，法国人也愿意和他们融合在一起。

当法国异性和你私下约会并不表示他（她）们就爱慕你，只要没有承诺就表示没有任何约束。这也是和法国人谈恋爱最困惑的地方，他们像是筑了一道道高墙的城堡，进了一道又发现一道，直至抵达另一端出口为止。

法国人在婚前会交往 10 ~ 20 个异性朋友（意指有亲密关系的朋友），

甚至在孩子要读书上户口时才决定结婚，但这并不说明他们的单亲家庭就很少。

法国人对男女之防的概念比较薄弱，你可以看到全家去裸体海滩游泳，或是在网站上招聘异性驴友共同分担旅费，当然他们都有自己的原则。

法国人永远活得很“自我”，如同伏尔泰、卡缪、莫里哀、卢梭、孟德斯鸠、雨果、大仲马、乔治·桑、司汤达、巴尔扎克、福楼拜、莫泊桑等超凡入圣的哲学家启蒙人类文明一样。

迷失了，就到法国去吧。如果因为疫情不能出国，那么就近找个法国朋友吧！

## 2. 坚毅的德国人

德语是欧洲四大语言之一（和英语、法语、西班牙语并列），北欧及东欧人几乎都会说德语。

德国是欧洲人口数第二的国家（仅次于俄罗斯），国土面积和云南省差不多，其经济实力全球排名第四。德国在全球的钢铁生产、煤炭开采、化学产品制造、机器设备制造、汽车制造、电子技术和电子产品生产以及造船领域里都领先群雄。

德国有许多著名企业，如巴斯（BASF）、拜耳、戴姆勒－克莱斯勒、西门子和蒂森克虏伯等。

德国对科技和人才非常重视。记得可口可乐公司曾经夸下海口，即使全世界的工厂同时被夷为平地，他们也能够在半年内恢复销售。品牌的力量和科技的力量一样，是不会轻易被消灭的，至少优越的德国人是这么认为的。

德国人的特征是执着、坚毅和严肃。他们非但工作时非常投入，就连休闲时也非常投入，匈牙利朋友告诉我，只要有德国人在的酒吧就吵闹异常，甚至在桌上跳起舞来。

德国人普遍坚守纪律，有一次我们将车子违规停放在小区的广场上，马上就有三个德国老太过来制止我们。如同眼里容不下一粒沙，偏执狂般的守时、守信也是他们体现民族优越感的方式之一。

德国的夜生活和法国比起来要单调许多，德国人是家居动物。他们非常注重家人和亲人之间的联系，不太热衷同事、客户之间的应酬，到了下班时间就别想再要求他们工作，有几次我试图让商场店员通融一下，却总吃闭门羹。

德国人非常喜欢冒险的运动（单帆出海、滑雪，攀峰及飙车等），他们的足迹遍布整个欧洲（丹麦、奥地利、波兰、捷克、匈牙利、希腊的商家都期待着德国顾客的光顾）。他们玩的时候总是非常疯狂，南欧人普遍不能接受德国人那种嚣张跋扈的姿态。

我个人认为德国女人是欧洲除了白俄罗斯美女之外最漂亮的，金发碧眼的女孩往往让人顾盼失仪，她们高挑的身材加上优雅的神态早已倾倒众生。而德国女人的持家更让德国男人不假外求，但那是属于强悍又能持家的那种，有点类似中国东北的“女汉子”。

德国人对性持开放态度（和北欧人一样），桑拿常常是男女同室的，市郊也有许多天体公园，他们对裸体没有太多禁忌，从小就对孩子揭开生命之谜，所以他们皆能泰然处之。这种开放反而让德国减少了许多性骚扰和性暴力，而社会对女性的尊重也提升了家庭的和谐。

德国人的行为感染力是非常强的，一个中国人在德国居住 3 年就可能会被同化，反过来还会对那些不守公德的同胞晓以大义。

德国人对汽车的爱好和法国人对葡萄酒的喜好如出一辙，对于远道而来的客人他们都会热情地欢送你到停车场，看看你开什么车，也衡量你的实力和品位。

建议那些想和德国人做生意的人，最好都能驾驶德国产的顶级豪车（德国税率不高，车价是中国的一半左右）。也由于德国人喜欢飙车，在商务会议上一旦汽车的话匣子被打开了，他们几乎对所有汽车的性能、功耗、价值及品牌都如数家珍。

德国南部的巴伐利亚人比较热情，也比较好客，一如那清新明快的巴洛克式建筑。众所周知的啤酒节就是巴伐利亚的产物，德国大嫂一次可以端上八个大啤酒杯，大伙聚集在可以容纳几千人的巨型啤酒屋中狂欢鼓噪，这就是典型的巴伐利亚式的庆典。

巴伐利亚天然风光十分绮丽，以慕尼黑为首的典型的内陆气候体现出原始森林的壮阔之美，这里不乏艺术家、音乐家和文学家。巴伐利亚东部与捷克接壤，南部与奥地利相接，其绵延的森林和许多国家公园相接。弗兰肯汝拉山脉、菲希特尔山脉、施泰格尔森林、施佩萨尔特山等，向旅游者提供了欣赏自然和休养身心的绝佳胜地。

德国北部则一马平川，从欧洲第三大港汉堡（有“世界桥城”的美称）往南，途经不来梅到汉诺威，再延伸到法兰克福和科隆，连绵密布的公路网形成了德国的经济命脉，也成就了欧陆的金融中心。易北河、威悉河和莱茵河、多瑙河贯穿其间，自古以来就是欧洲货物运输的大动脉。河畔的田园风光辅以庄重的哥特式建筑更让人感觉温馨和安逸，也孕育出许多伟大的文学作品。

生活在一片乐土，坚毅严谨、脉络分明的德国人是幸福的。勇敢、坦率、执着的个性都印证了他们是宜室、宜家的好男人（女人），但是对那些心存浪漫、性喜幻想、情寄乌托邦的人而言，德国人却是太单调了点！

# 3. 开放的荷兰人

有句话说“上帝造人，荷兰人造陆”，荷兰有四分之一的土地海拔不到 1 米，另外四分之一的土地低于海面，荷兰人必须与凶猛的大海进行无情的斗争。早在 13 世纪，荷兰人就筑堤拦海，再用风车抽干围堰内的水。

百年来荷兰所修筑的拦海堤坝竟长达 1800 公里，增加了 60 多万公顷的陆地面积。现今荷兰国土的 20% 是人工填海造出来的，据说这个数字还在持续增加。

荷兰人是世界上个子最高的民族，正统的荷兰族男子平均身高 1.90 米，女子平均身高 1.80 米。

亚洲人到荷兰常因买衣服找不到尺寸（尤其是亚洲女子常常要到童装部买衣、买鞋），男子也因小便器太高要踮着脚尖而闹笑话。

荷兰女子金发碧眼，是典型的北欧民族，她们的美貌和温柔在欧洲享誉盛名。也许对亚洲男人而言并非如此，因为她们的下巴太肉感了，看起来圆墩墩的。

传统的荷兰女人是非常持家的，荷兰的牛奶和奶酪举世闻名，但是荷兰菜则令人不敢恭维（以生腌肉类制品、土豆、蘑菇和荷兰豆为主），这大概也和荷兰人小气有关吧？

荷兰的花卉则和荷兰女孩一样知名，荷兰人将郁金香和各式花卉出口到世界各地。花卉出口占国际花卉市场的 40%，是荷兰的支柱性产业，荷兰共有 1.1 亿平方米的温室用于种植鲜花和蔬菜，因而享有“欧洲花园”的美称。

我在荷兰住了 3 年，每天都和开阔的平原、湖泊为伍，那总是低着头的牛群、马群好像永远喂不饱似的吃着草。

荷兰人非常好客，也很开放，许多人从 14 岁开始就有性生活。我的室友在他上初一去他小女朋友家里，他的父亲就交给他一盒避孕套，科普他们如何避孕。

夏天时你可以看到荷兰人在自己家的阳台上赤身裸体晒日光浴。荷兰是世界上最早立法支持同性恋结婚的国家，他们提倡返璞归真，主张所有人们好奇的事情都应该透明，大麻等软毒品在荷兰销售是合法的（海洛因等硬毒品是非法销售，但是合法吸食）。

荷兰人普遍对生活缺乏激情（荷兰的社会福利是世界上最好的，尤其是对儿童和少年的照顾更是无微不至），也缺乏幽默感和艺术气息，这也解释了为何有许多荷兰画家都在法国成名的缘故。

荷兰人的最大弱点就是抗压性很低，千万不要对荷兰人大吼大叫，否则他们可能会疯掉。荷兰员工的请假理由可能是“老板对我太凶，我一看到他就头痛，无法上班”，而这种带薪假可以合法地持续请半年。

当然，他们也会因你比较强势而想息事宁人，用高压手段来谈判也可收到一时之效。

在荷兰，他们的罪犯还可以自由选择监狱地点，每一间牢房都得考虑到生活的便利（都要有单间，电气设备要齐全）。国家为那些重刑犯所支付的款项太多，以至于他们还为了这个原因经常搞特赦。

荷兰的医疗是非常人性化的，他们最关心病患的感觉。每一个诊疗动作都会考虑到病人的感受（生理的和心理的），甚至让多个医护人员共同照顾一个行动不便的病人（我上次脚扭伤了，他们派了三个人来照顾我）。

对于意外急救病患他们都是先救人再收费，几乎所有的人都享有全额医疗保险，所以多半数的医院也不设收银台。有时候我觉得荷兰政府对于弱势群体的照顾更甚于正常人，这个国家的老弱病残群体无疑是世界上最幸福的病人。

荷兰人和比利时人一样喜欢喝啤酒，酒吧和迪厅是他们主要的夜生活。

年轻时我们常常一个晚上走访七八个酒吧，然后留在美女最多的酒吧。

荷兰的迪斯科舞厅也很有特色，一般午夜12点才开门，有一家舞厅的服务员还穿着比基尼，性感而不色情。

事实上色情在荷兰也是合法的，阿姆斯特丹的Window Shopping相信很多人去过，那儿的妓女从世界各地涌来，包括泰国的人妖和非洲的胖女人。

在荷兰，结婚前夕的男女都会举行告别单身派对，由其挚友负责安排，告别单身派对可以是非常疯狂的。

荷兰人非常注重家庭生活，千万别在非工作时间打扰他们。你常常会看到七十岁的荷兰老夫妇恩爱如昔地挽着手在湖边散步，这对夫妻如果是出现在法国肯定会被怀疑是刚认识的黄昏之恋。

足球、航海、骑马、跑步、游泳和自行车是荷兰人流行的运动，荷兰没有高山，所以攀岩、登山和滑雪都与他们无缘。荷兰人喜欢旅游和贸易，所以全欧洲都找得到荷兰人的足迹，他们也因为多金、谦和有礼而受到全世界人的欢迎。

风车、木鞋、奶酪、郁金香号称荷兰四宝。如果你到荷兰，别忘了购买一双木鞋留作纪念，相信这双木鞋会为你带来好运。

# 4. 时尚的意大利人

欧洲有40多个国家，每个国家都有自己的文化。德国和意大利之间的文化差距甚至比中国和意大利的还大，我甚至觉得意大利人是欧洲中最像中国人的。

意大利地处欧洲南部，地形像一只靴子。意大利属于地中海性气候，和法国波尔多地区类似，盛产葡萄酒，托斯卡纳和西西里岛的葡萄酒都驰名世界，性价比非常好。

意大利人有非常高的艺术品位，他们的服装设计和汽车设计都是世界顶级的，他们尤其擅长利用山景和海景创造出一流的建筑作品，蜿蜒交错、高挂天上的公路更令人赞叹。宗教深深影响了意大利的建筑风格，米兰教堂、佛罗伦萨花之圣母大教堂和罗马圣彼得教堂更是一绝。

据说意大利菜有很多是取法于中国，包括大饼（PIZZA）、面条（PASTA）、水饺（TORTELLINI）和汤（ZUPPE，欧洲的汤食不多见），还有海鲜炒饭（RISOTTO）之类的米食，都很适合中国人的口味，如果再佐以当地的甜食（提拉米苏和意大利冰激凌）和咖啡就更加享受了。

秉承古罗马拉丁民族的热情，意大利人生性浪漫。他们可以爱得轰轰烈烈，激情过去了也可以再寻新欢，他们追求生活的品位，也期盼另一半能够永远够品位。

比起法国人来说，意大利的男人还算比较保守的（单一民族，不像法国的移民较多），他们对婚姻的要求还是比较严谨的。

北方的意大利人非常善于做生意，威尼斯人自16世纪初就开始经商，几乎垄断了地中海沿线的贸易。两百年前意大利人就知道如何利用时尚、流行、限量和定制来赋予品牌价值，这一点法国人是向意大利人学的（青出于蓝而胜于蓝）。

由于法国人不太讨价还价，也不经常打折，甚至有些名牌每年还会根据通货膨胀涨价，所以和法国品牌相比，意大利品牌性价比更高些。

提起意大利就不能忽略足球，四次世界杯冠军、两次世界杯亚军、一次欧锦赛冠军、两次欧锦赛亚军的成绩也让 AC 米兰驰名于世。

意大利的迪诺·佐夫、罗伯特·巴乔、詹路易吉·布冯、安德烈亚·皮尔洛等球星虽没有法国齐内丁·齐达内和德国的弗朗茨·贝肯鲍尔知名，但球队完美的协作却能弥补个人的不足，不辜负这只“长靴子”的美名。

在意大利旅游，除了游览各地古迹之外，还可以感受意大利人的热情。意大利的年轻人非常好客，到了傍晚他们经常聚集在酒吧外的露天圆桌旁，一聊就是几个小时。

酒精是打开话匣子的工具，他们什么都喝：葡萄酒、伏特加、啤酒、龙舌兰和当地出产的 GRAPA。到了黄昏时刻，几盏醇酒，英俊秀雅的意大利男人成群聚在一块儿，聊聊足球、谈谈政治，再加上美女的话题，夜色就从这里展开了。

至于美女们，她们也喜欢扎堆攀比时尚、对邻桌的俊男评头论足一番。一旦找到对象，就双飞了，所以同一个酒吧每晚都能看到不同的面孔。

意大利是文明古国，国民待人谦和有礼貌（和德国人相较而言），如果迷路了他们有可能会开车带你回酒店，再原途返回。他们也非常讲究生活情调，喜欢交际，他们的生活中充满了宴会、狂欢。他们的大企业常会买几艘游艇，随时准备招待客人出海巡航。

意大利人的热情和拉丁民族很像，他们天生喜爱跳舞，建议去意大利旅游的人先学会交谊舞。意大利的歌剧也声誉卓著、蜚声世界，不过要记得提前订票，上次我去米兰的斯卡拉歌剧院（La Scala）就需要提前一个月预订。

地处亚平宁半岛，意大利的海岸线绵延 7400 公里，大部分依山傍海、风光明媚，五渔村（Cinque Terre）、那不勒斯海湾、阿马尔菲海岸、菲诺港（Portofino，又名波托菲诺）等都令人目不暇接。驾车在沿海高速公路转弯处惊鸿一瞥，我常会不由得赞叹那些矗立在悬崖峭壁间的古堡和别墅群。

意大利的气候四季皆宜，如同他们流行四季的时尚品牌一般。去意大利旅游切记少带衣物，多带空行李箱。

也许连行李箱都免了，我在佛罗伦萨买的真皮拉杆箱，20多年了还坚固如新，款式也如同戴维雕像般耐看。

# 5. 热情的西班牙人

西班牙坐落于伊比利半岛，是欧洲通往非洲的桥梁。多民族的文化赋予了西班牙人爱好冒险的“斗牛士”精神。伊比利半岛灿烂的阳光和明媚的沙滩更将这块乐土平添了多情的浪漫气氛，这里也是北欧人度假的天堂。

西班牙人对世界做出的最大贡献是西班牙语（其实是卡斯蒂利亚语）。拉丁美洲民族的热情就是来自西班牙。哥伦布改变了历史，也改变了人类文明。

当然塞万提斯、毕加索和高迪对人类做出的贡献也不少，西班牙人的艺术修养和他们对生活的热爱有直接的关系。

西班牙的生活是非常悠闲的，他们生活的节奏要比法国慢许多（法国南部已经是很慢的了），很多公司都不得不以周薪制来约束员工。因为如果一次发足了薪水到了第二天就没有人去上班了，有时甚至一个星期都挂病号，要等钱花光了才又老实地回来工作。

西班牙夏天天气炎热，午休时间从 12 点到下午 4 点，人们工作到八点回家。所以夏天西班牙人一般不会早于晚上八点钟用餐，一顿饭吃到凌晨两点也司空见惯。

浪漫的夜是西班牙人的最爱，游客可以一边欣赏着弗拉门戈舞蹈（西班牙各地区的弗拉门戈舞式都不同），一边品尝西班牙火腿和海鲜饭的美味。西班牙的酒吧摆满了各式各样的小点（Tapas），你可以随意取用（以盘子的数量结账，和日本旋转寿司一样，其中鳗鱼苗冷盘非常贵要小心食用，这道菜一度被西班牙政府基于保育的原因禁售）。

西班牙人是社交的动物，社交活动对他们而言就像阳光和海滩一样重要。到了傍晚马德里主要道路 Granvia 大道人潮汹涌，像是要将夜色吞没一般，幸好大道旁边林立的酒吧、舞厅、歌剧厅、豪华商场、餐厅将人流吸收了一大半，否则街道上交通将严重堵塞。

斗牛士是西班牙非常高贵的职业（堪称国宝），估计和日本的相扑手地位差不多。知名的斗牛士的年收入绝不会输给美国 NBA 的球星（或足球明星），但是他们所要承担的危险更大一些。

奔牛节也是西班牙狂欢的方式之一，生性喜欢刺激的西班牙人永远不会厌恶你给他制造意外的惊奇，幽默感也是生活中必要的甜品。

此外，西班牙足球甲级联赛（La Liga，简称西甲），是欧洲及世界最高水平的职业足球联赛之一，现有参赛球队 20 支。西甲历史上成绩最好的球队有皇马、巴萨和毕尔巴鄂竞技。

西甲出产 FIFA 金球奖与世界足球先生，并且是欧洲足球先生最多的联赛。联赛历史上夺冠次数最多的球队是皇家马德里，共有 34 次；其次是巴塞罗那，有 26 次；马德里竞技 10 次。

新冠肺炎疫情暴发之前，皇马夺得 2019/20 赛季西甲冠军，巴塞罗那俱乐部梅西成为赛季射手榜、助攻榜双料第一，第 7 次获得金靴奖。

西班牙人相当随和，他们天性热情，和他们交往是一种享受。由于他们天生具有艺术气质，生活和艺术能够无缝衔接。

如同瑰丽宏伟的巴塞罗那大教堂，以及马德里市区一幢幢哥特式的建筑一般，伟大的作品无处不在。西班牙人天生不满足于平凡的生活，他们需要的是友谊、肯定和掌声。

射手座般不甘平凡的热情西班牙人啊，世界因有你而变得更加精彩、有趣!

# 6. 优雅的英国人

由于语言上的便利和其欧洲金融中心的地位，英国一直是我们非常重要的市场，也是大部分亚洲商品进入欧洲市场的桥头堡。

对于美国人而言，英国就是他们在欧洲的代言人，许多美国企业巨头纷纷将欧洲总部设在伦敦，伦敦也成为欧洲最繁荣的城市之一。英国的金融保险、教育、旅游、零售和商业服务等行业有着扎实的基础，形成英国经济的支柱产业。

记得我第一次和英国人打交道是在伯明翰，英国第二大城市，英国客户得体的服饰和优雅的谈吐让我印象深刻。英国人非常讲礼节，逻辑思路和商业思维也脉络分明、严密有序，他们也希望得到同样的对待。

他们在会议中所提出来的问题看似是礼貌的请求，却令人很难忽视，一旦接招还会进一步延展为重要事项，最后获得他们想要的结果。所以在开会时言语必须慎重，最好提前准备，才不会因前后矛盾而失礼。

当时我们英国代理商业绩下滑，需要寻找新的合作伙伴。新伙伴提议并购现有的代理商以便解决市场冲突的问题，这令我们非常犹豫，主要是新的合作伙伴除了优秀团队之外没有资产规模，我们总觉得以小吃大是天方夜谭，迟迟下不了决心。

整个商务谈判耗时半年，进展缓慢，最后是当地的金融机构出手，这桩生意才得以顺利完成，这也让我见识了英国金融机构的弹性和积极性。

那时候亚洲的供货商普遍对欧洲人不了解，极难打入这个陌生的市场，我们算是在欧洲设立网点的第一批商人。所谓近水楼台先得月，我们对当地的销售渠道和营销方式了然于胸，也取得了不俗的成绩。

后来有更多的中国企业陆续来欧洲设立子公司，一般而言，伦敦是除了鹿特丹的首选之地。因为英国本土消费市场非常大，也是兵家必争之地，唯一不足之处就是无法覆盖整个欧洲大陆的市场。

英国有全世界最好的学校，从小学、中学到大学，都可以找到你心目中的好学校。除了公立学校外，还有非常优质的私立学校和贵族学校。著名的高等院校有牛津大学、剑桥大学、帝国理工学院、伦敦政治经济学院、圣安德鲁斯大学、伦敦大学学院、华威大学、曼彻斯特大学、爱丁堡大学和卡迪夫大学等，这些高校吸引了 30 多万名海外留学生来此学习。

也因为教育产业的高度发达，英国成为世界重要的研发基地之一，几乎涉及所有科学领域。他们以世界 1% 的人口，从事世界 5% 的科研工作，所发表的学术论文占到世界的 9%，仅次于美国，英国在生物技术、航空和国防方面具有极强的竞争力。

从结果来看，英国科研人员获得国际大奖的人数约占世界的 10%，迄今共产生 90 多位诺贝尔科学奖得主。

国内也有许多知名的英国学校（有近 50 所英国学校，占所有外国学校的一半以上），例如上海英国学校、北京哈罗国际学校、惠灵顿天津国际学校及牛津国际公学都受到当地外籍人士的追捧。

这些孩子从小就进入所谓的 K12（小学到高中，共 12 年），目标是进入国际一流的大学。这条求学路径可以摆脱竞争激烈的应试教育，也让孩子较早接受西方课程。

最近也有不少企业家想移民，主要就是想解决孩子的教育问题。目前只有外国人可以就读国际学校，仅有少数国际学校能取得中外双重入学身份的许可证，其学费也非常昂贵，一年需要 25 万 ~ 35 万元人民币。

在伦敦，我们可以接触到 1350 种报纸和 7000 多种报纸杂志，我们耳熟能详的《每日邮报》《每日镜报》《泰晤士报》《世界新闻》《经济学家》等都历久不衰，还有路透社、新闻联合社和英国广播公司（BBC）等知名媒体企业更在世界舞台上大放异彩。

世界报业大亨、美国著名的新闻和媒体经营者鲁伯特·默多克（Rupert Murdoch）早期就是因为参与并购了《世界新闻报》（英国最大的星期日周报）、《太阳报》（日销量最大的英文报纸）和《泰晤士报》而独步全球，最终将 21 世纪福克斯收入囊中，成为名副其实的全球媒体大亨。

英国的脱口秀也是一绝，那些脱口秀巨星极尽夸张讽刺之能事，既获得了票房，也影响了舆论，赚足了钞票。不过有些幽默是外国人听不懂的，有一回我在伦敦听了一个小时的脱口秀，现场拍手不断，我却没有一句话听得懂，也不敢随便鼓掌，挺尴尬的。

至于英国的饮食，就不太敢恭维了。Chips & Fish（炸鱼和薯条）、烤牛排及伊顿麦斯甜点似乎是英国菜的核心，其他就乏善可陈了。

英国的菜品分量是足够的，却也富含卡路里，许多留学生在英国期间都长胖了。意大利菜、法国菜、印度菜和中国菜也都是英国人的最爱，看起来英国人不需要再推陈出新，在异国餐厅林立的街道上有选择性地吃就可以了。

定居在英国的华裔朋友常告诉我，英国人虽然重礼节，有绅士、淑女般的气质，骨子里却优越感很重，经常看不起亚洲人。其实，文化上的差异本来就不太容易克服。所谓“伸手不打笑脸人，开口不骂送礼人”，礼多人不怪，又何必再去计较别人是真心的还是虚伪的呢？！

今日中国的社会富足有余、贵气不足。我们不必刻意去模仿英国人的优越感，而他们守承诺、重礼节的绅士、淑女风度却是我们可以提倡的。

# 7. 幸福的瑞士人

1990 年，我在法国里昂住了 3 年。里昂是法国地理的中心点，无论是去意大利、西班牙或是瑞士都很方便，里昂离日内瓦也只有 160 公里。

周末我们经常驾车前往这个依傍着雷梦湖（Lac Léman）的世界宜居城市旅游，红十字总会、世界卫生组织等国际机构总部都设于日内瓦。

瑞士不大（4.1 万平方公里），从日内瓦去苏黎世只有 280 公里，途中还可以选择路过美丽的旅游胜地卢塞恩（德语：Luzern）。沿途风景如画，山美水秀，就算不停车也能获得极大的乐趣。

有一次我们因为迷路绕道去了因特拉肯市，将错就错随着游客搭乘火车上了少女峰，被山上秀丽的风景惊呆了（柳暗花明又一村），冰雪与山峰、阳光与浮云让我们仿佛到了仙境。

另一次我们特意途经瑞士前往德国，顺道参观了位于苏黎世北部的莱茵瀑布（德语：Rheinfall，中欧最壮观的瀑布）。我们对于大自然浩瀚的力量感到震撼，也为瑞士人能独享这清澈的水源之地而羡慕不已。

瑞士北邻德国，西邻法国，南邻意大利，东邻奥地利和列支敦士登，其人口也主要来自德、法、意三国。德语、法语、意大利语及拉丁罗曼语 4 种语言均为官方语言，德语约占 62.8%，法语占 22.9%，意大利语占 8.2%，其他语言占 6.1%。

瑞士人普遍有语言天赋，大多精通四种语言（德语、法语、意大利语及英语），也有不少瑞士人还能说中文。中国富豪们在瑞士银行的存款总额已经名列世界第一，据说某私人银行的前十名客户都是华人。

虽然是个仅有 800 万人口的小国家，瑞士的创新能力（世界排名第五）和经济总量（GDP 总量世界排名第 20）却不可小觑，其 2021 年 9.3 万美元的人均 GDP 更是位列世界前三（仅次于卢森堡和爱尔兰）。

瑞士人得天独厚，金融体系和银行的保密体制也让瑞士成为避税投资者的安全避风港，成为世界私人财富中心，许多顶级的富豪纷纷来此存款、投资理财，传承给下一代。

凭借着强大的资金实力，瑞士成功进入了资金密集的高科技研发领域，除了传统的瑞士钟表和刀具等精密工业之外，瑞士在金属制造、金属加工、电子电气技术、精密仪器制造、传感器、光子和机器人等高科技行业也有不凡的表现。瑞士更是全球的医药研发中心之一，拥有罗氏和诺华等医药巨头及数百家中小型医药研发企业，瑞士人不断创新的精神让世界刮目相看，其影响力也举足轻重。

据我住在伯尔尼（首都）的华人朋友介绍，瑞士人的工资是法国人工资的两倍，消费水平却高达三倍，所以普通的外国蓝领很难在此立足，移民更是难上加难。环保是所有瑞士人的共识，他们有最严密的垃圾处理和垃圾分类法令，违反了会处以重罚。我朋友家里的 6 个垃圾桶都上了锁，主要怕被陌生人误倒垃圾，因为垃圾收集是按量收取费用的。

瑞士人非常乐天知命，他们注重运动和养身，旅游度假更是不可或缺的生活元素，即使要花掉三分之一的收入他们也乐此不疲，这也无愧于他们身居世界花园的美名。有句话说“花掉的钱才是自己的”，完善的社会保障制度也让瑞士成为消费大国，许多当地奢侈品牌的最大用户也是瑞士人，据说劳力士的表芯也有标注，产品区分为专为瑞士当地人生产的以及出口级别的，其价格差异也不少。

我除了参加法国工商会和美国商会之外，对瑞士商会特别情有独钟，我感觉瑞士商会的会员比较高大上，其活动的场地也比较精致，当然这也和瑞士人普遍讲求生活情趣有关，他们和任何国家的人都没有历史仇恨，天生幽默风趣、不失礼节。瑞士商会还为高收入华人推荐了各式各样的养生旅游，包括抗衰老干细胞治疗、绝品食疗、雪山瑜伽 SPA、候鸟式养老等创新服务，让人耳目一新。似乎只有他们想不到的，没有做不到的。

瑞士的湖光山色非常令人向往。雷梦湖是瑞士第一大湖，为瑞士和法国的边界湖。南侧湖畔有世界知名矿泉水的水源地法国依云市，湖边有知名的奢华度假酒店，我偶尔会去依云打高尔夫球。北侧湖畔有瑞士日内瓦和洛桑（洛桑理工学院世界闻名）。雷梦湖舒爽宜人的气候和秀丽的景致营造出滨海城镇的度假气氛，有瑞士的“蔚蓝海岸”之美称。

沿着雷梦湖畔漫步会看到许多游艇和豪华餐厅，纵然只喝一杯卡布奇诺，也能获得极大的满足。夕阳时分，粼粼波光映射出七彩缤纷的霞光，即使是从空中鸟瞰下来也十分惊艳（米兰到巴黎必经之航路，有几次我在飞机上看到，皆惊呼不已）。

瑞士第二大湖是博登湖（德语：Bodensee），也称康斯坦茨湖（英语：Lake Constance），分属瑞士、奥地利和德国三个国家，它也是德语区第一大淡水湖。博登湖在中世纪时为主要交通中心，现仍有新石器时代湖上房屋遗迹。

博登湖为冰蚀湖，地处古老冰川盆地，为莱茵河上游的天然储水库。湖中盛产鲑鱼和鳟鱼，水呈蓝绿色，无比清澈。沿岸山峦跌宕起伏，景色优美，气候温和湿润，是极受欢迎的夏季水上运动以及徒步和骑行胜地。我们一面享用河鲜盛宴，一面在波浪起伏的湖面泛舟，直呼过瘾。

我个人最喜欢的是瑞士第七大湖卢加诺湖（英语：Lake lugano），此湖为瑞士和意大利的边界湖，周围群山环抱，湖山复叠，岩岸陡峭蜿蜒，景色秀丽。因其地中海式的温和气候，阳光充沛，充满了拉丁风情，成为南阿尔卑斯山脉著名的度假胜地，也是意大利人的最爱。

卢加诺湖北岸的卢加诺市优雅迷人，满城意大利的建筑置身其中误以为身在意大利，细看之下却比意大利更璀璨婉约。卢加诺城里人车分流游客可悠闲漫步其间，绿树成荫，景色怡人。到了夜晚，岸上辉煌灯火倒映湖中，更添妖媚姿态，是异国恋人历久弥新的终老怀念之地。

每次我到卢加诺都会和我意大利裔的酒庄朋友约好，他美丽的俄罗斯贵族女友一年有半年会住在这里，在他们的豪华游艇上尽享湖光山色，品尝他们酒庄特别保存的陈年佳酿，辅以法国顶级鱼子酱（CAVIAR HOUSE & PRUNIER）和鲜嫩鹅肝，真是令人只羡鸳鸯不羡仙。

在瑞士，你永远不必担心迷路，热情的瑞士人会不厌其烦地为你指点迷津；在瑞士，你永远不必担心找不到旅游目的地，再往前开去，任意绕几个弯，美景就会出现在眼前。

就是在阿尔卑斯山边这样美丽的一块宝地上，几代瑞士人克服天险、巧夺天工，开辟了属于自己的温馨家园。他们活着不是为了改变世界，而是为了创造幸福，他们不仅懂得享受生活，也不遗余力地在世界各地传播幸福的种苗。

# 8. 典雅的希腊人

记得我第一次去希腊是在1992年，当时我们在雅典有个代理商，会议后他招待我去海边吃烤鱼。

提起希腊我们心中就会浮现那美丽的爱琴海，爱琴海属于地中海的一部分，海上2500多个岛屿（其中80个属于土耳其）错落有致、美轮美奂。它不仅是欧洲文明的摇篮，更是世界公认的浪漫情调旅程的目的地。其中帕罗斯岛、米洛斯岛、克里特岛、罗得岛、克基拉岛、米科诺斯岛和圣托里尼岛大家都耳熟能详。

圣托里尼岛又以蓝顶白墙的建筑群被选为“新婚旅行圣地”和“一生中不可错过的地方”，经常位居“欧洲最佳20个美丽岛屿”排名的前列。

周末我代理商用他的私人飞机带我们走访了米洛斯岛（Melos），此岛是一个近代火山岛，面积大约150平方公里，为早期爱琴海文化中心之一。相传在伯罗奔尼撒战争中，雅典人杀死该岛所有男人，这10年战争也结束了雅典的古典时代，给繁荣的古希腊带来了前所未有的破坏，使得雅典由盛转衰。

我们参观了岛上米洛斯的维纳斯雕像（据说是展现希腊女性最美的雕像）、古卫城克利马遗址和菲拉科皮废墟，试图揭开这个3000多年文明古国的神秘面纱。抚今追昔，犹如置身在希腊神话般的情境里，久久不能忘怀。

之后我又造访了五次希腊，每次都趁机旅游一番，其中印象最深刻的还是奥运会起源地雅典。雅典是欧洲哲学的发源地（有苏格拉底、柏拉图、亚里士多德等哲圣），古希腊人在哲学、建筑、科学、文学等诸多方面都有很深的造诣，对欧洲以及世界文明的发展都产生过重大影响。

雅典人对古迹的保存不遗余力，整座城市仿佛就是个历史博物馆，其中以坐落在卫城中央最高处的帕特农神庙最为壮观。

到了晚上，帕特农神庙周边灯光四射，将月光烘托得无比的圣洁，讲解员用我不太听得懂的英语讲述阿西娜女神的故事，我把目光投向身旁从美国来此游学身姿妙曼的女学生。

她告诉我希腊是哲学、文学、历史学、政治学、科学和数学原理，以及西方戏剧的发源地，她几乎每年都会来此学习、度假。虽然我们后来没有联系，记忆中她知性烂漫的笑容却也成为我培育女儿的标杆。

我代理商的女儿在英国读书，她告诉我在伦敦的希腊贵族过的是穷奢极侈的生活，和我们所认知的本土希腊人大不相同。

即使如此，希腊本土却成为俄罗斯人及北欧人的最爱，他们几乎整个冬天都会定居在这里。餐厅里的俄罗斯美女几乎都能说上几句英文，她们对中国人和对希腊人一样好奇，尤其是温柔、多金的文艺青年。

最近在三亚的红塘湾也出现了圣托里尼岛般的蓝白建筑村落，吸引了不少游客，在新冠肺炎疫情防控期间无法出国的人纷纷来此体验希腊风情。不知道这是否也和俄罗斯人有关，我估计这些建筑肯定不会和追求天然纯真的希腊人有关。

希腊人对于哲学情有独钟，人人都能讲述一套对人生不同的看法和体会，和他们交往要做足功课，以免接不上话题。

希腊人很纯情，很真诚，很重感情。他们是自然主义者，他们珍惜当下。乐观知命的希腊人天生幽默，他们能以诙谐的态度来应对诡谲善变的世道。希腊人也很时尚，十分注意着装，尤其是中老年人更讲究衣着端庄、大方。

真性情的希腊人犹如雅典般典雅，就像古希腊人天然本真的生活态度以及对公正、平等、爱心、至善和高尚等美德的不断追求一样。希腊人和中国人类似，毕生都在追求真理，如同他们与生俱来的历史使命和对人生命运起伏规律的参透。

## 9. 爱乐的奥地利人

和瑞士一样，提到奥地利就想起度假。如果说瑞士是一座皇家花园，奥地利更像是皇家的猎场。同样是阿尔卑斯山脉周边的国家，奥地利的雪场更多、面积更广、价格更实惠。

过去我们经常从德国的加尔米施（Garmisch，1936 年冬奥会的举办地）雪场一路玩到奥地利的因斯布鲁克（Innsbruck，1964/1976 年冬奥会的举办地）的雪场，如果不过瘾，还可以再驱车前往瑞士的圣莫里茨（St.Moritz，1928/1948 年冬奥会的举办地）的贵族雪场游玩。这几个滑雪胜地相隔都不远，画成一个圆，直径均不到 150 公里，也有些滑雪高手直接从山上雪域跨越国界，在这三个国家之间来回穿梭。

有一部脍炙人口的好莱坞电影《真善美》就是在奥地利的萨尔茨堡（奥地利的第四大城市）取景的，电影讲述一家九口为了摆脱纳粹的征召，借由音乐节表演沿着美丽的山路逃离奥地利。初次观看这部电影时便被片中广袤无垠的草原以及嵯峨黛绿的群山给迷住了，天籁般的“音乐之声”更让人沉醉其中。

怀着幼时对这部电影的深深憧憬，在 1998 年我终于如愿以偿地参访了这座城市，顿时被萨尔茨堡美艳绝伦的绮丽风光给彻底折服了。那仿佛飘在半空中的梦幻堡垒在黄昏光影下显得格外动人，我们坐缆车登上位于僧侣山上的城堡，俯瞰整个城市。那灰绿色的尖顶和灰白色的房屋错落有致，随处鲜明的色彩别有风情、灵动可人。

盐河蜿蜒的曲线更将城市的轮廓变得温柔细腻，在青翠苍郁的草木环绕下，萨尔茨堡大教堂高耸的巴洛克式圆顶清晰可见。蓝绿色的圆顶如油画般浓烈，将城市画面点缀得分外细致典雅、绮丽非凡。

后来我又去了几趟奥地利，每次都会绕道来萨尔茨堡故地重游，尤其是临近圣诞节的时候，那节日欢快的气氛让整座城市变得无比温馨。莫扎特故居就位于市中心盖特莱德街 9 号的一座米黄色 6 层楼房里，整条街商店林立，游人如织，大家都来朝拜这位音乐神童，他所创作的《魔笛》《唐·璜》《后宫的诱逃》以及《费加罗的婚礼》等脍炙人口的伟大乐章历久不衰，一曲曲耳熟能详的钢琴曲和奏鸣曲传颂至今仍是主流。

夜里，我们步行到老城西北区的星酿啤酒餐厅用餐，品尝当地特酿的啤酒（萨尔茨堡是奥地利的啤酒之都），享用萨尔茨堡香肠和萨尔茨堡奶酪炸面条。晚上餐厅里还演奏着音乐之声、轻歌剧和民族音乐，让我们感受到这座城市所散发出的音乐魅力。

2016 年，我们去考察位于奥地利因斯布鲁克以西 70 公里处的阿夸多姆（Aqua Dome）水疗酒店，其业主有意在北京近郊落地新的水疗酒店（旅游特色小镇）。据说阿夸多姆是奥地利最美丽的水疗中心，伫立于奥兹山谷之中，日出时人们可以在晨曦中的户外温泉池游泳，日落时可以去水疗顶层的桑拿泳池来个星空下的裸泳，或是用当地的晶盐洗个土耳其浴。

奥地利有丰富的温泉资源，八大温泉分布在全国各地。除了滑雪、骑车、游泳、跑步、徒步游外，奥地利人还酷爱温泉和探险，按照我们的标准他们天天都在度假。

酒店窗外是一片开阔宁静的草地，近草如画，远山如黛。午后在露台上坐看群山胜景，大口吸氧，聆听天籁。我多年的至交和他夫人特地从维也纳开了七个小时的车来此和我相聚，晚上我们在酒店餐厅里享用特制的养生套餐，品尝威尔许雷司令白葡萄酒。他告诉我奥地利这类度假胜地很多，但是要复制它会非常困难，尤其是在人文和地理环境存在极大差异的亚洲。

是的，周围碧草如茵的旷野、邻山蓊郁青翠的森林、群星闪烁的夜空和无比新鲜的空气，加上伦恩费尔德小镇宁静的教堂在整点传来的钟声，我们最后还是放弃整个计划。也许在北京周边应该建造适合本土风情的东西，就好像巴黎铁塔一旦被移植到上海也会显得荒谬、突兀。

除了萨尔茨堡迷人的风光之外，被誉为“世界音乐之都”的维也纳更是连续多年被评为全球最宜居的城市之一。在奥匈帝国时期，这里就是欧洲最重要的文化中心，音乐巨擘小约翰·施特劳斯、海登、萨列里、莫扎特、贝多芬和舒伯特更将维也纳的音乐地位推向了顶峰。

维也纳金色大厅更是驰名遐迩，许多中国知名音乐家都曾在这里表演过。据维也纳朋友说金色大厅是维也纳音乐生活的核心，也是维也纳爱乐乐团的常年演出场地，维也纳新年音乐会每年都在这里举行，通过电视转播将金碧辉煌的厅堂和无与伦比的音乐效果展现在全世界人的面前。

有一次，我还赶上了每年一度的维也纳夏季音乐节。在公园里、街道上随处是露天演奏会，小路旁拉着小提琴不起眼的青年都有可能成为未来之星。我朋友告诉我这场音乐盛典还将蔓延到捷克和德国，几乎所有的音乐大咖都会出席。在维也纳音乐大厅和歌剧院里，盛装出席的观众、奢华的排场、宏伟的演出，昔日上流社会的繁华景象蓦然呈现眼前。

对于奥地利的子民来说，音乐是他们的传统，已深入他们的基因。他们浸淫在欢快音乐创作的同时，也给世人带来许多快乐。

# 10. 悲观的捷克人

提到捷克，我脑海中总会浮现《布拉格的春天》这部影片。剧中捷克作家米兰·昆德拉借用男主角托马斯之口表示："历史和个人的生命一样，轻得不能承受，轻若鸿毛，轻如尘埃，卷入太空，再不复返。""因此我们需要关注的只是现实这个感性的世界，过去的已经不存在了，未来的还没有到来，真正存在的只有当下这一个瞬间，任何一个瞬间都已经寄托了所有的过去与所有的未来。""所以，我们要活在当下，要执着人生，随时把握生命。"这部作品曾在我求学时给予我对人生凄绝之美的触动，也让我对布拉格真正的春天充满好奇。

和瑞士、奥地利一样，捷克也是个内陆国家，我第一次去布拉格就被这个城市的真实之美震慑住了。除了波希米亚风格的巴洛克城堡建筑之美外，法国哥特式的大教堂也体现出秀丽古典之韵味。城里还可以看到不同历史时期遗留的建筑，从罗马式、文艺复兴式、洛可可、新古典主义、新艺术运动风格到立体派和超现代主义建筑等不一而足。

午后漫步在伏尔塔瓦河畔，欣赏对岸扭曲错位的玻璃大楼，感受整座城市的古典和现代糅合得这么天衣无缝、优雅细致。布拉格建筑整体上给人的感觉是楼宇顶部变化丰富，红瓦黄墙色彩极其绚丽夺目。因此布拉格还拥有"千塔之城""金色城市"等美丽称号，我个人认为它是欧洲最美丽的城市。

然而，生活在这座最美丽城市下的居民并不轻松，一个年轻的男人告诉我他希望自己不是捷克人，他们也经常自嘲"捷克人很愚蠢"。这也许带有一定的玩笑意味，但它出现在我周围的频率是惊人的。

第二次去捷克时我就丢失了钱包和信用卡，不得不用兜里仅存的 200 元美钞去兑换捷克克朗（当地货币），不料收到的竟是俄罗斯卢布纸钞，价值只有捷克克朗的五分之一。我怒气冲冲，从商店里出来返回要再去理论，只见两个彪形大汉出现在我身旁，当时也只能怪自己图方便，没去正规银行兑换货币。

当地的朋友告诉我这种情况经常发生，外国人常常不辨真伪，容易吃亏上当。我们在捷克的生意都是通过德国代理商，因为只有他们能吃透捷克市场，也守信、重承诺。

在 2008 年所进行的一次调查中，更有 64% 的受访者表示他们不信任自己的同胞；在 2019 年所做的一项民意调查显示，仍有超过一半的捷克人想移民住在国外。

这种情绪也使捷克在 2012 年地球上最悲观的国家中排名第二名（经济濒于崩溃的希腊排名第一），居高不下的失业人数和疫情下的经济危机仍在加剧这种情绪。

其实，从宏观资料来看，捷克的人均 GDP 为 2.5 万美元（世界排名第 41 名），虽然不及瑞士的 9.3 万美元和奥地利的 5.3 万美元，却比周边的波兰、匈牙利等国要高一些，属于欧洲中等发达国家。

除了发达的农业之外，捷克的工业基础也相当雄厚，其中机械制造、各类机床、动力设备、船舶、汽车、电力机车、轧钢设备、军工、化学、玻璃工业等都比较发达，纺织、制鞋等工业更闻名于世。

捷克还是享誉世界的啤酒生产和消费大国，皮尔森啤酒、黑山啤酒、伯纳德啤酒和赫尔德啤酒都产于捷克，是当之无愧的啤酒王国。以人均啤酒消费量计，捷克已经连续 7 年位居世界榜首。

此外，捷克人对历史、艺术、音乐、文学及某些体育运动也有自豪感。奥地利作家卡夫卡几乎终身都定居在布拉格，创造出《审判》《城堡》《变形记》等伟大作品。

如同周杰伦谱曲、蔡依林演唱的那首《布拉格广场》里的欢乐旋律一样：

我就站在布拉格黄昏的广场，
在许愿池投下了希望，
那群白鸽背对着夕阳，
那画面太美我不敢看，
布拉格的广场拥挤的剧场，
安静小巷一家咖啡馆，
我在结账你在煮浓汤，
这是故事最后的答案。

许多悲观的、浪漫的、绮丽的和优雅的故事，都注定要发生在这里。历经了太多波折与苦难，捷克人终于迎来了属于自己的春天。

“转朱阁，低绮户，照无眠。不应有恨，何事长向别时圆？”也许放下才是治疗悲观情绪的最佳良药。

# 11. 虔诚的波兰人

波兰人口3840万，国土面积123万平方公里。波兰是东欧国家中经济成长最快的国家，如今人均GDP已达1.7万美元，是东欧最大的经济体。

有许多波兰人都会说法语，并对巴黎情有独钟。波兰裔的肖邦和居里夫人都定居在巴黎并在此被埋葬，现代几个世界级的波兰裔法国大导演基耶洛夫斯基、波兰斯基的主要创作则都是在巴黎进行，波兰裔英国文学史上最为重要的作家康拉德也都深深受到法国文学的影响。

身为法国华侨的我在华沙出差时对于那些能说一口流利法语的波兰人感到特别亲切，法国企业也都会考虑把东欧总部放在华沙。波兰成为西欧企业在东欧最大的生产基地，我在TCL-Thomson任职时，公司在波兰就有一个工厂，新冠肺炎疫情防控期间3M波兰工厂更是成为欧洲最主要的口罩生产基地。

波兰产煤，它的燃料动力工业、冶金工业、机电工业、化学工业、木材造纸工业、轻工业、航空工业等都非常发达。其中机电工业为波兰最大的和最重要的工业，包括金属加工、机器制造、汽车、造船、精密仪器、运输工具、电机和电子工业等。而汽车工业是波兰迅速发展的最大新兴行业之一。

记得1992年第一次去波兰时，几个主要城市还百废待举。波兰经济真正快速起飞是从2007年起（当年GDP增幅达6.5%），但当时失业率仍较高。据世界银行和国际金融公司联合发布的《2013年营商环境年度报告》指出，波兰是自2005年来致力于营商环境改善速度最快的欧盟经济体。直到疫情发生之前，2019年波兰GDP成长率仍高达4.54%，在欧盟国家中位居前列。但波兰经济发展仍面临着威胁，例如全球经济形势恶化、出口下降、人力成本上升、通货膨胀率升高、个人消费下降，以及实际工资成长率下降等。

和中国一样，经济快速发展的背后就是环境的污染。根据绿色和平组织的测算，雾霾每年对波兰造成的损失高达 210 亿 ~ 380 亿美元（每天约为 7900 万美元），在全球排名第 12 位（前 5 名的国家包括中国、美国、德国、印度和日本），波兰每年由雾霾导致的死亡人数多达 45000 人。最近这几年，到华沙出差之前我都要咨询一下天气，就像在北京遇到雾霾天我就会到外地出差一样。

即便如此，波兰的旅游资源还是非常丰富的。除了首都华沙，我会推荐维利奇卡（Wieliczka）盐矿，一处深 300 多米（共九层，需要搭乘电梯下去），通道总长度达 250 公里的地下古老盐矿（粗略地观看也要两个小时）。第一次去维利奇卡时简直不敢相信盐矿居然可以修建得这么宏伟，其中有充满雕像的房间、教堂和地下湖泊，像极了一座地下城市。维利奇卡盐矿在 1978 年被联合国教科文组织评选为世界文化遗产。

2013 年波兰政府将邻近的博赫尼亚盐矿和维利奇卡盐矿合并，统称为“维利奇卡和博赫尼亚盐矿”，两处都非常值得一游。

去年，波兰也不例外地受到新冠肺炎疫情的影响，累计已有近 200 万人感染了新冠病毒。2020 年的 GDP 较 2019 年也下降了 2.8%，疫情对波兰经济所带来的损失高达 1300 亿兹罗提（约 300 亿欧元，和波兰每年因雾霾所造成的损失相当）。不过他们对未来并不悲观，虔诚的波兰人相信他们终将会克服种种困难，从布满荆棘的道路迈向康庄大道。他们的坚定正如他们的国歌中所传颂的那样：

波兰没有灭亡，
只要我们一息尚存，
波兰就不会灭亡，
举起战刀，收回失地，
前进，前进，冬布罗夫斯基，

从意大利到波兰，
在您的领导下，
我们将亲如一家，
我们跨越维斯瓦河，
渡过瓦尔塔河，
成为真正的波兰人，
拿破仑已经告诉我们，
如何去取得胜利，
前进，前进，冬布罗夫斯基，
……

每次听到波兰国歌，都会情不自禁地要为他们点赞。面对这样一个乐观进取、居安思危的民族，试问世上又有什么力量能摧毁他们呢？！

# 12. 拼搏的韩国人

和中国东北隔海相望的有两个国家——韩国和日本，这两个国家在历史上也有很多的交集。他们也深受中国文化的影响，虽然韩国已经彻底排除“汉字”了，但到了首尔我们却像在国内一样自在。明洞的美食和店家几乎和青岛、大连一样，首尔女人高挑的身材也和沈阳美女大同小异。

因为具有忧患意识，几次金融危机都没有击垮韩国的经济。韩国人的斗志高昂，富有与生俱来的拼搏精神。韩国的科技十分先进，韩国已是世界上前五个拥有巡弋飞弹的国家，GDP 超过了巴西和加拿大，位居世界第9 位。

就像从韩剧中所看到的一样，韩国人非常重视传统，社会感比较强。在群体中他们善于隐藏自己的情感，尤其是韩国的女人是出了名的温柔和善解人意（全智贤的《我的野蛮女友》是例外）。韩国的数码、家电、汽车、船舶和半导体在全球打出了名号，全世界的人都知道三星、SK、LG 和现代集团，韩国的国家形象十分清新，在海外生活的韩国人也越来越多。

韩国人普遍都爱国，他们对于国家高度的认同感让他们很容易团结起来，所以韩国的足球也打得好，在亚洲名列前茅。

在首尔可以感受到韩国已经是一个现代化的国家了，摩天大楼林立，轨道交通便利，城市规划井井有条，传统和现代建筑混搭在一起，非常和谐。和东京一样，首尔昂贵的住房使得部分韩国人不得不每天搭一个多小时的公共交通上班，因此高科技园区也大多环绕在郊区。打高尔夫球则是白领们交往的必备技能，是除了住房之外较大的开销。

和韩国人做朋友非常容易，只要你多称赞韩国货、韩国菜就可以了。幸好韩国泡菜也十分可口，如果酒量也行的话就更加方便交流了。不过，韩国人和日本人一样，对英文有种恐惧症，尤其是街上的美女。我一般使用肢体语言，或是简单地笑一笑、点一点头。

幸而，越来越多的韩国人会说普通话，来中国旅游、学习。他们谦和的个性很容易融入中国社会，也有不少韩国人娶了中国美女，或是嫁给中国人。中国东北的朝鲜族语言文化和韩国一脉相承，在历史上也有千丝万缕的关系。

10 月是去韩国看红叶（枫叶）的最佳季节，韩国的温泉文化非常盛行。再加上华克山庄赌场的催化，让游客多了一个去韩国旅游的借口。10 月釜山有电影节，庆典就在海滩旁。位于海云台海滩的百乐达斯釜山酒店的温泉泳池仿佛和海水接连，有海天一色之美。釜山也是出海巡游的好去处，许多韩国大企业都有自己的游艇。

韩国的夜生活是非常丰富的，韩国人喜欢聚集在街边夜市喝啤酒、吃炸鸡。在韩国，卡拉 OK 也非常流行，几杯下肚之后人们的歌声就更加嘹亮了。但是我建议那些酒量不好的人和韩国人吃饭时要节制一点，韩国烧酒虽然度数比不上茅台，后劲却非常强，不可掉以轻心。

1993 年，韩国电视剧《嫉妒》开播，韩剧第一次登上内地荧屏。1997 年电视剧《爱情是什么》在央视的热播，带动了韩国娱乐文化涌入中国并以此为契机逐渐形成韩流。21 世纪《蓝色生死恋》《大长今》《我的女孩》《原来是美男》《花样男子》《秘密花园》《来自星星的你》等经典剧集更是将韩流推向最高峰。

此后，这股韩流还向越南、蒙古和中国港澳台地区扩散，其内容也在不断扩大，日趋多样。一些青少年从小喜欢看韩国电视剧，听韩国劲歌，喜欢追星，进而形成一股追求韩国商品热潮和韩国旅游风潮。

韩国歌曲也跟随韩流深受人们喜爱和追捧，《江南 style》《sorry sorry》《nobody》《GEE》《可爱颂》《NONONO》等都是大家耳熟能详的“神曲”，连好莱坞也都对这股韩流刮目相看。

就是那一股韩流让我爱上韩国，让我喜欢上首尔的夜生活。我欣赏韩国男人的拼搏精神，更欣赏韩国女人的美丽风情。即使大多是人工美女，但真真假假，在大饱眼福之后，似乎也无须去细细分辨。

# 13. 神秘的印度人

我第一次去印度是在 1987 年，当时印度政府为了保护国内市场，规定汽车、家电和计算机等产品，整机进口需要课征 80% 的关税，如果改以零件（CKD）进口在当地组装就会降到 5%（为了扶植当地企业）。因此，我们把计算机零件及设计图纸一起打包卖给代理商，由他们在当地组装后再以 Acer 的品牌销售。

直到今天，我仍然看到印度政府在高科技领域高筑的政策壁垒。除了信息科技领域之外，印度在医药产业上更是不遗余力。印度政府强制性地要求外国药厂以极低的 IP 费用授权给当地仿制药厂生产，美其名曰“顺应未发达国家的市场经济情况”。迄今印度已成为名副其实的“世界药房”，是仿制药生产的世界领导者。

所以，在印度做生意首先要考虑的是政策性风险，政府通常会以“国家安全”“反洗钱”“反垄断”“查税”等一系列法令、法规来针对特定厂家，强大的工会组织也给那些讲求质量效率、实行军事化管理的生产企业造成困扰。

印度东、西、南、北之间的差异也非常大，除了宪法规定的 22 种官方语言之外，1652 种方言更大大阻碍了印度各区域之间的交流，英语反而成为最通行的语言。

由于无法统一文字也导致许多人不识字，印度的文盲有 2.87 亿人，所造成的贫富悬殊可见一斑。就是在这样的大背景下让我每到一处都仿佛出了国境，需要再重新认识一下这个国家。孟买、新德里、加尔各答、金奈、班加罗尔和海得拉巴等大城市各执一方，城市面貌的差距也颇大。

我前后总共去了四次印度，每次都停留一个月左右。但是如果让我说出每个城市的特点，对我来说还有些困难。

印度人的社会阶级非常明显，财富也就集中在各地的显贵家族手中。有一次我接到代理商的邀请，去参加老板女儿的婚礼，让我见识到印度真正的贵族生活。当日的宾客约有 2000 人之众，婚礼在一处奢华的宫殿中举行，贺客盈门，宝莱坞的明星们也到场助阵。婚宴更是让人耳目一新，那些世界顶级厨师把一个个精致银盘装盛的一道道美味佳肴送到宾客桌上，亲自解说菜肴的特色，仪式感十足。

据说婚宴中的羊排是当日用专机把刚宰的羊羔肉从克什米尔高原送到孟买的（印度不吃牛肉，一般人吃鸡肉，羊羔肉属于上乘菜肴），所有的蔬菜也是经过特殊处理，素食者也可以放心吃（印度约有 20% 的人口吃素）。

当地朋友告诉我，印度青年到了适婚年龄，都会由父母代为寻找社会阶级、语言、区域、背景相同，以及星相可以配合的对象。因此，婚姻不再是小两口儿的事情，更像是两个家族的联盟。

在新冠肺炎疫情发生之前，印度的经济增长率一度超过中国，世界都在称颂这只亚洲之虎，中国的企业家也纷纷把目光聚焦在这个人口大国。不料疫情发生后改变了一切，隔离政策更让许多人失业，经济不进反退。说到人口，我们在电影上所看到的一群人站在火车上的情况其实并不夸张，路上的公交车、货车和私家车也都塞满了人，有时候还会因为一头牛造成交通阻塞，给原本就拥挤的道路上添堵。

上次去印度旅游时，又重访了泰姬陵——印度最完美的瑰宝。它是一座全部采用纯白色大理石建成的巨大陵墓（也是清真寺），再以玻璃、玛瑙镶嵌，具有极高的艺术价值，被誉为“印度明珠”。

人口问题似乎是激化一切矛盾的根源，在这个仅有 298 万平方公里（世界排名第 7）的地方却要供养哺育全球数一数二的人口量，实属不易。

印度维持了几千年的稳定，在今日仍有许多杰出印裔美国人担任跨国大企业的 CEO。在他们的底层思想里，有着对生命的追求和厚爱。

这样一个神秘的国度使我每次去印度都要寻味一番，仿佛进入一个跨世纪、跨地域、跨文明的浩瀚宇宙里。这里值得你不断细细思量、细细体会。

# 14. 佛系的泰国人

在巴黎的东南亚华侨多半来自泰国、柬埔寨、老挝和越南，每逢过节他们就会组织宴会。女士们穿着民族服装跳着祝福舞，男男女女排成数组，一起旋转并挥动手臂，舞姿轻盈，煞是好看。

泰国地处热带季风气候区域，山水、平原错落有致，风景独好。除了7月至9月的雨季之外，气候宜人，每年会吸引三四千万外国游客来此度假。泰国境内有500多个景点，主要旅游地除了曼谷、普吉、芭堤雅、清迈之外，清莱、华欣、苏梅岛等新的旅游景点也迅速发展起来，成为新婚蜜月的理想去处。

由于泰国旅游比较实惠，我也经常去玩，我印象最深的是2004年十一假期的那一次。当时我和几个朋友结伴去普吉岛浮潜，来接机的是当地旅游公司的老板，他告诉我们是因为司机临时请假他才不得不出来应急，他个人在普吉岛有70多部车子供调度，还开了10多家连锁餐厅。

不料，在我回国的两个多月之后（12月26日）就发生了南亚海啸，10余米高的浪潮造成周边22.6万人死亡，而普吉岛也位于重灾区。当时许多欧洲人都是趁着圣诞节假期携家带口前往旅游的，没想到刚下飞机就遇到惨绝人寰的灾难，这也让我想起那位接机的旅游公司老板，希望他只是损失一点钱财而已。

这次新冠肺炎疫情也几乎让普吉岛成为一座空城，据说泰国的服务业约占国内生产总值的44%，其中旅游业更是功不可没。发达的旅游业让全世界的人都能近距离了解泰国，从而喜欢泰国，来泰国投资置业，甚至娶妻生子。也许在疫情面前能活下来就是万幸了，在生死面前财富仿佛不再那么重要。虽然失去财富也会使人穷困潦倒，甚至万劫不复。

泰国的混血儿不少，上次接待我的导游就是泰日混血姑娘。她告诉我她父亲是日本大企业的高管，父母离异后她随母亲住，父亲会定期支付她们赡养费，她也偶尔会去大阪找父亲。

她身边的朋友也几乎清一色都是混血儿，有泰韩混血、泰中混血，也有泰美混血。她们的父亲最终都回到自己的家乡，留下了她们这一群国际化的种子（她们的英文都很好）。

从优生学的角度来看混血是好的，那些混血泰女个个都长得非常标致。她们开放的思想和诙谐的口吻也让人感觉亲切、大方，只是那种“无根”的感觉总令人心酸，她们也常遭到当地人的排挤。

如今，乌隆府的美国人和欧洲人又开始多了起来，除了寻访父辈的足迹之外，也寻求美丽的混血伴侣。

除了首都曼谷和岛屿沙滩之外，清迈和泰北也是游客比较喜爱的旅游目的地。

大部分的泰国人泰然自若，他们佛系的内心早已看穿世上所有的贪、痴、嗔念，在不悲不喜、云淡风轻中转而追求内心平和的生活。

新冠肺炎疫情过后，我还会再去普吉岛度假，不为混血姑娘，而为人间参悟。

# 15. 自在的加拿大人

求学时我在报纸杂志上就经常看到报道，说加拿大是世界上最宜居的国家，社会福利好、养老金多、天然环境优美、生活水平极高云云，不知不觉中身边许多人都先后移民去了加拿大。

2003 年我终于得以成行，亲身体验这个地广人稀、幸福感指数爆棚、充满魅力的国度。最值得开心的是我和初中同学阿彪在这里重逢，由他做向导，我能近距离观察这个宁静广漠的国家。

阿彪住在温哥华的市中心，邻居都是华人。华人给温哥华的经济注入活力，但由于当地高薪的职位不多，有很多白领都在西雅图上班，周末才回来。

华侨普遍喜欢扎堆聚集，除了唐人街（位于中央商业区）之外，富有的华人喜欢住在温哥华市的西区（简称温西）。温西南端的列治文市则是大温哥华地区最大的华人聚集区。

温西是全加拿大房价最贵的区域，北边有海滨公园，西面是 UBC 大学区。这里各级学校排名高，离市中心较近，交通方便，生活便利。

另外还有一个西温哥华市（简称西温，容易和温西混淆），位于温哥华市的北面，与市中心隔海湾相望。西温据说是全加拿大户均收入最高的城市，房价与温西有一拼。

不过阿彪告诉我他会比较喜欢温西，还带我参观了温西的大别墅，说未来这里肯定增值（2003 年迄今温西房价已经涨了两倍，而北京房价则涨了十倍）。只见栋栋豪宅成排成列，每家门前都花团锦簇、美轮美奂，把贵气的英式生活演绎得淋漓尽致，附近茂密的城市森林和印第安鹰的图腾立柱则体现出原始神秘的风貌，形成优雅对比。

温西街区有新潮的涂鸦文化，工业风流行，而仓储式酒吧和画廊是艺术家、音乐家和电影制片人之间沟通交流的场所。温哥华拥有高度发达的电影制片业，是北美洲继洛杉矶和纽约之后的第三大制片中心，素有“北方好莱坞”之称。

周末，阿彪带我们搭船去维多利亚岛（Victoria）上的布查特花园（Butchart Garden）旅游，惊见在这温带海洋性气候的城市里，居然还有繁多品种的花朵。园内有下沉花园、玫瑰园、日本花园、意大利庭园等多个景区，处处瑰丽多姿，令人怦然心动，而布查特花园百年来已吸引了全球数百万游客。

第二次去温哥华是利用五一长假和驴友结伴而行的，我们租车从温哥华一路向东，要到班夫（Banff）享受天然雪地温泉之趣。

加拿大的 5 月仍是初春时节，路上时而艳阳高照，时而雾气朦胧，时而下起雪来。我们需要不断地更换衣服，沿途巍峨的落基山脉绵延起伏，景色绝美，随手拍摄都是佳作。

中途我们选择在基洛纳（Kelowna）歇息，夜宿欧肯那根湖畔。翌日我们参观了欧肯那根山谷（Okanagan Valley）的葡萄酒庄，加拿大的冰酒举世闻名，甜滋滋的冰凉佐以当地美食和干酪，乃人生一大享受也。

第三天，我们参观了贾斯珀（Jasper）国家公园，沿途野生动物众多，有麋鹿、驼鹿、海狸和熊。驴友警告我千万别招惹黑熊，它们非常凶猛，奔跑起来速度比汽车还快（当时地上还布满了雪），遇上了简直无计可施。且黑熊力大无比，会把车子整个翻过来，让乘客丝毫动弹不得。

就在这一路美景的沉醉中，我们来到鼎鼎大名的露易斯湖（Louise Lake），住进湖畔费尔蒙集团的露易斯湖城堡酒店。从房间眺望阳光映射下蓝蓝绿绿的湖水，清澈见底，湖面下盘错的树根犹如巨蟒，湖旁青翠松柏的倒影也幽幽荡漾着。

据说这里四季风景都不同，露易斯湖三面环山，层峦叠嶂，湖水富含矿物质，湖水的颜色会随着光线的强弱而变化，也因而被誉为“洛基山脉的蓝宝石”。我们在酒店餐厅品尝了顶级法餐，仿佛变身为20世纪初的欧洲贵族。我的理念是出差时可以住商务酒店，旅游时要住当地豪华的酒店才不会辜负了机票和宝贵的假期，日后还能再三回味。

到了班夫，我们依例挑选了规格最高的费尔蒙班夫温泉城堡酒店入住。酒店建筑沿袭了苏格兰豪华城堡的骑士风格，紧邻万顷森林公园，是落基山的地标性建筑。

在酒店里我们一边欣赏无与伦比的古堡装饰，一边眺望霍姆山脉的绝佳景致，一边享受世界顶级的蔚柳溪水疗，一边品尝“城堡餐厅”精美的意大利风味菜。

下午我们驱车前往班夫天然温泉浴场，只见男男女女穿着泳衣在露天的温泉中尽情浸泡嬉戏。我们刚好遇到下雪，池边是厚厚的积雪，我们一会儿在雪地里裸奔，一会儿跳进温泉热池中，非常惬意。据说班夫温泉水富含矿物质和硫化氢，能有效治疗风湿病。

后来，每次去加拿大都能有不同的体会，多伦多和蒙特利尔与温哥华比起来又是截然不同的感受。

加拿大的法国族裔不少（法语和英语皆为官方语言），主要集中在魁北克（加拿大第一大省），而魁北克是北美洲最大的法国文化中心（人口823万，法裔超过80%）。我许多巴黎朋友在魁北克都有亲戚，七八月他们就去蒙特利尔小住几周，享受圣劳伦斯河的清凉夏季。蒙特利尔是加拿大第二大城市，鹅卵石街道、法式古典楼宇、石造教堂、中世纪的建筑随处可见，蒙特利尔是世上除巴黎之外最大的法语城市。

加拿大知名的女歌星席琳迪翁、艾薇儿·拉维尼和知名男演员金·凯瑞都有法国血统，法国影视明星在魁北克也饱受欢迎，这里的流行步调几乎和巴黎同步。来蒙特利尔除了能感受到法国风情之外，秋天里满城的枫红景象更让人击节称赏。上次我去参观蒙特利尔植物园时，还看到中国园里的龙彩灯，那种“红里透红”的感觉真是令人无限惊喜。

最后，到加拿大旅游时可不能忽略了其最大城市多伦多，这个位于安大略湖（北美五大湖最东湖泊）沿岸的美丽城市。多伦多是加拿大的政治、经济、文化和交通中心，居民有半数是来自全球100多个民族的移民（华人有40万），汇集了世界上140多种语言，是世界最多元化的城市，多次被联合国人居署评为全球最宜居的城市之一。多伦多也是世界上最安全富裕和拥有最高生活水平的城市之一。

来到多伦多就仿佛到了美国，从这里开车去纽约和芝加哥一样都是800公里（约9个小时），和纽约到芝加哥的路程一样。这三座城市形成一个等边三角形，中间的区域是美国东部工业发达地区，多伦多在汽车工业、电子工业、金融业及旅游业都有不俗的表现，多伦多证券交易所也是北美的第三大交易所。

2009年我还抽空去多伦多附近位于美加边界的尼亚加拉瀑布（Niagara Falls）旅游，见识到世界上最狂野的漩涡急流，那鬼斧神工般的天然奇景实在很难用笔墨形容，就算看了视频也无法体会那种气势磅礴、气吞山河的感觉。到了这里不得不赞叹加拿大的伟大，生活在这里的3789万子民真是得天独厚啊！

由于和美国有长达8892公里的不设防边界，加拿大人受到美国文化的影响颇大。在国际化的同时又怕失去独有的文化底蕴，可以说是既期待又怕受伤害。

加拿大在科学技术、教育水平、政治透明度、社会自由度、生态环保及经济活力方面在国际上都名列前茅。加拿大人内心的自由自在早已让世人称颂不已。

# 16. 创新的以色列人

在 2019 年初，我再次去特拉维夫参加中以创新创业大赛并担任评委时，还在那里巧遇我的表弟，他在那里经商，和他深入的交谈也让我对这个伟大的国家有更具象的认识。

以色列的城市建设和经济发展令世人刮目相看。自 1948 年建国以来，以色列一直致力于基础科学、应用工程学和生物科技方面的研究。以色列的科学家在遗传学、信息技术、光学、生物医药和人工智能领域上取得的成果都相当突出，在军事科技产业、现代农业科技、量子通信和先进医学领域上的研发也获得了极大的成就。

在科研成果上，截至 2020 年，全球 962 位诺贝尔奖获得者中有 226 位犹太人；在科技产业上，截至 2019 年 5 月以色列拥有 76 家纳斯达克上市公司和 6000 多家科技初创公司，平均 1300 个人一家，创新密度位居全球第一。

全球有超过 270 家跨国公司把科研中心设在以色列，包括英特尔、阿里巴巴、华为等。通过资本并购，以色列创业团队每年都能将其科技成果变现，其中最引人注目的并购案有英特尔公司以 153 亿美元收购以色列 Mobileye 和美国芯片制造商 Nvidia 以 69 亿美元收购以色列 Mellanox。

中国公司也紧随其后，纷纷到以色列寻找并购项目，2016 年中国财团就以 44 亿美元收购了以色列在线游戏公司 Playtika。

这些成就都要归功于以色列政府对科技孵化器的扶持政策。以色列技术孵化器运作模式是将创业者、政府的资助与孵化器的专业服务三者紧密结合，既解决了初创企业资金难的问题，也为创业者提供了一个全方位的创业辅导体系。

许多创业投资基金及私募股权机构都慕名而来，在以色列朋友的安排下我陆续参观了5个科技孵化器，聆听了10多家企业所做的简报。我对于以色列人的创新精神印象十分深刻，他们也有不错的进展。

每年我都会应邀参加中以创新创业大赛并担任评委（2020年是以远程视频方式举行）。以色列的观光资源也非常丰富，除了到耶路撒冷朝圣之外，地中海、死海和红海的景色都非常优美。

特拉维夫就位于地中海沿岸，老城“雅法”古色古香，极具阿拉伯色彩，可以淘到许多古董和手工艺品。市区里大小欧式建筑也各有特色，以包豪斯建筑铸成的“特拉维夫白城”更被联合国教科文组织列为世界遗产。

死海则是一个内陆盐湖，位于以色列和约旦之间的约旦谷地，死海富含盐分，水中鱼儿和其他水生物都难以生存，岸边及周围地区也无花草生长，故人们称之为“死海”。死海水面平均低于海平面约415米，是地球表面的最低点，躺在死海水面上人会漂浮起来，仿佛有种魔力在支撑着。

死海的海水不但含盐量高，还富含矿物质，常在海水中浸泡可以治疗关节炎等慢性疾病。而海底的黑泥也含有多种矿物质，被商家做成护肤美容品，据说有提亮肤色、改善暗沉、深层清洁、淡化纹路等功效。我也随俗带回了几瓶，只是最后都成为摆设（老婆不敢用）。

至于红海，则是我的最爱。以色列最南端的滨海城市埃拉特隔海湾与东面的约旦相望，西距埃及边界仅5公里，是以色列面向红海的主要港口。因冬季气候宜人而成为以色列重要的避寒度假胜地，每年春、秋两季，大量候鸟在埃拉特郊外水域觅食，景色也非常壮观。

这里的海水清澈，可以看到五颜六色鲜艳的珊瑚礁。在岸边就有个水下瞭望台，进去后可以下到6米深海底，围在四周的是用玻璃隔开的珊瑚礁群，红海珊瑚种类之多在世界上名列前茅。埃拉特依山傍水，度假酒店林立，港口停放着各式豪华游艇，既有地中海的秀丽，又有加勒比海的风情，再加上埃及金字塔的遐想，真是五味调和啊！

2021年以色列的人均GDP已高达5万美元，超越了英国、法国和日本。在这块“流淌着奶与蜜”之地上，以色列人自强不息，成功应验了《旧约圣经》里的预言。

# 17. 洒脱的南非人

南非是非洲第二大经济体（仅次于尼日利亚），我表姐和姐夫曾在这里经营水产生意 10 多年，规模做到南非的前列。

当时我利用春节假期去了约翰内斯堡，这是南非的第一大城，也是南非的经济、文化、旅游中心。地处世界最大金矿区和南非经济中枢区的中心，约翰内斯堡原本是个探矿站，随着金矿的发现和开采发展为大都市，因而有“黄金之城”的美称。约翰内斯堡附近 240 平方公里区域内有 60 多处金矿，周围还有众多工矿业城市，共占有南非工业总产值一半左右。约翰内斯堡是国际化的大都市，巨厦林立，娱乐场所光影缤纷。

南非的工业体系是非洲最完善的，矿业、制造业和农业是经济三大支柱。南非的深矿开采等技术居于世界领先地位，这里的钻石产量更并列世界第一。

我们来约翰内斯堡除了买古董之外（这里古董交易免税，许多欧洲人来此倒卖古董，我们采购了四只皮箱的清代碗盘茶具和漆器，一大部分是当时官窑专门生产来外销的），也考察了房地产。据说这里的工人很懒，晃晃悠悠的，在中国三个月就可以完工的房子在这里要拖上一年，而且质量还特别不稳定，所以工程的成本不可控。他们工会的权力非常大，温度升高、降低都要停工，也不能谩骂、挖苦工人。

后来，我们拜访了南非第二大城开普敦，才真正感受到南非的经济魅力。在城里，远远地就看到桌山独特的天际线，其山顶如桌面般平坦，当地人称为“上帝的餐桌”。桌山山脉像一座屏风，挡住了大西洋的寒流，为开普敦创造了温暖湿润的小气候。

我们参访了好望角，清楚地看到印度洋和大西洋明显的分界线，15 ~ 20 米高的惊涛骇浪拍打着悬崖峭壁，非常壮观。从高丘上望去，不禁对大自然的鬼斧神工赞叹不已，站在非洲南端之地也有登泰山小天下之豪迈。

我们还驱车前往巨砾公园，观赏非洲企鹅，虽然没有南极企鹅般可爱和震撼，在闹市中却也油然生起别有洞天之感，看它们成群结队，一会儿躺在岩石上，一会儿钻进水里捕食，好不悠哉。

开普敦的居民承袭了欧洲繁荣的文明体系，又具有非洲人冒险垦荒的精神，他们独享南非这天堂般的伊甸园，拥有地球南端整片开阔的海域、最原始的荒原丛林、阡陌的沙漠和最丰富的矿产。

生活上他们仍不忘将欧洲最好的葡萄种子带过来，诞生了如大康斯坦夏葡萄酒庄园这样的美酒产区。美景、美酒和美食曾经让南非的白人养尊处优地在此生活了 300 多年，凭借着科技、文化和经济上的垄断，至今他们仍然过着高人一等的生活。

其实，生活在这片得天独厚家园上的原住民似乎都能霁月清风、愉悦地活着，如同他们的祖先对大自然原始的膜拜。

即使前方是每况愈下的经济和停滞的工业，也无法消减他们享受上天盛宴的幸福感。房子可以不建，以天为盖地为庐的豪迈不能舍弃。在将三个月工程拖至一年的背后，我看到的是更多的闲适和洒脱，今朝有酒今朝醉的觉悟，以及心中对生命最原始的呐喊和对大自然的礼赞。

# 第四篇

## 论述篇

# 1. 创业与投资

创业三要素：市场、企业家和资本。早期创业都是由企业家包办一切的，现在各地的科技孵化器打出“拎包入住”的概念，对于那些一身武艺的创业者而言要便利多了。

其实伯乐和千里马一样不容易遇到。而今，资金不再是稀缺资源，优秀的企业家才是。创业家那点石成金的本领让资本水涨船高，催生了创投行业，也让资本家能够“人在家中坐，财从天上来”。

俗话说，送钱容易分钱难。许多创业者把创业当作一场球赛，玩票性质浓重；少数的企业家则把创业当作一场战争，身家性命全押上了也在所不惜。

过去我曾经创过业，现在则专注于创业投资。从摩天大楼望去每一户人家都有自己的故事，每一个企业家也是，这个中的酸楚也只有企业家和投资者自己知道，而我的学费也没少交。

我第一次创业是在法国里昂工作时，我巴黎的朋友是计算机零件批发商，他邀请我在里昂为他们开店组装计算机，代理他们的产品。

当时我没有足够的积蓄，为了店面装修向银行贷款 100 万法郎，银行花了一个月才批下来。店面装修完毕装修公司给了我两个月的账期，而这家店第一周就做了 100 万法郎的生意（现金），供货商也给了我 45 天账期。

于是我决定不拿银行的钱，就这样我“空手套白狼”获得了一家店，两年后我将店出售给朋友，积累了第一桶金。

卖掉里昂的店面，我去了巴黎，和朋友设立了大型的计算机卖场，用同样的手法以最少的资本来运营，获得了极大的成功。我们前后设立了5家大卖场。

那时候我们志得意满，觉得成功来得太容易了，一些知名的风险投资家（VC）来找我们都没有好好接待他们，从而错失了在资本市场运作、业务创新做强的契机，而单凭我们两个华人也确实不具备独立在法国股票上市的运作能力。

互联网时代来临，我看到德国的电子商务公司从投资者那里融到很多钱，高管都开跑车，我想模仿却不得要领，最终招聘了几个百万年薪级别的技术团队开始做起电商生意，却无奈产品设计出来之前团队就被整个挖墙脚了。原来有个VC非常欣赏团队的背景，给了他们一笔钱创业，最终他们还真实现了股票上市。

2000年我到北京为宏碁创投设立分公司，身份也从创业者变成了投资者，当时的创业投资公司（VC）大多是境外创投企业，本土企业家找钱的风气还未普及。有本事拿到钱的大部分是海归团队，创业目标清一色瞄准了纳斯达克上市。

那时候的企业家比较单纯，但即便如此，我们还是被几个企业家骗了数百万美元，其中包括一家做私人信用评级的企业。我们的投资款一到账，他们就把十几个月积欠员工的薪水发放完毕，然后公司清算倒闭了，我们反而成了企业员工的救世主。

也有那种乾坤大挪移的企业家，旗下开了5家公司互相倒发票，我们投的那一家有研发的企业亏损累累，他做贸易平台的企业却股票上市了。企业家为了堵住悠悠众口把大家的投资款都还清了，上市的收益却全给企业家拿走了。这种行径当然为人所不屑，后来这个企业家果然也逐渐销声匿迹了。

很多人都以为有钱的是“大爷”，做投资应该很容易，相信许多企业家也都是这样看我们的。更有些企业家认为VC就是慈善家，帮他们创业是“为国争光”，但其实不然。VC就是企业家的合伙人，大家利益一致、彼此依赖、荣辱与共。

有一个创投（VC）朋友告诉我他所投资的企业家强迫他用两倍的价格

退出（当时已经增值10倍了），否则就永远不上市，逼得他也只好妥协。另外一个VC朋友把钱汇给企业后就再也没见到过企业家了。

做创投的从来就不是真甲方，如果是的话做乙方的时间也比做甲方的更久。我常说“成功的投资者必须做强大的乙方”，在资金注入之后还能保有应享的权益，和企业共生共荣。

当然，也有人认为“无为而治”是最好的策略，他们消极地认为选择比管理更重要，一旦选错了企业家就只能认输。这就好像认为选择漂亮的美女结婚必能生出美丽的闺女一样，从来没有考虑过双方的后天因素。

更何况坏孩子往往是宠出来的，狂妄的企业家也是姑息的结果。企业的投后管理非常重要，甚至比自己干还费心。

许多伟大的企业家也曾经彷徨过、失落过，一个清醒的投资伙伴可以在关键时刻救危扶倾。企业家对VC的信任天生会比对他的创业伙伴还深，投资者可以更加客观地在企业经营以及持久发展方面倾囊相授。

好的VC甚至会釜底抽薪，淘汰不称职的团队，为企业觅得优秀的管理人员。KPCB约翰杜尔就曾经给Google推荐过75位CEO候选人，最后选择了埃里克·施密特，促成了Google的快速发展。

投资者最大的收获就是投对企业，获得收益。过去我也参与过一些成功企业的投资，和企业家成为终身的朋友，也有不少企业家朋友改行做起股权投资，有人做得风生水起，有人则倾家荡产、一蹶不振。

从宏观来看，每年股票上市的企业也就几百家，每年成功融资的企业却有几千家，企业想脱颖而出比考北大还难。我们做投资的就是在沙堆里找金子，并非发光的都是金子，而是金子总会发光的。

我们习惯于把所有的发光体筛选一遍，再用火烤一下，最后炼成9999纯金体。这样的动作每天重复在做。我们还要根据市场的变化与时俱进，对于AI、AR、VR、ML、KOL、7nm、GAN、CRO等都需要去了解，也要对投资领域的发展趋势进行分析，挖掘出行业的佼佼者。

创投行业是金融业“倒金字塔”的底层，上面支撑了投行、证券公司、交易所，包括股票、期权、量化、对冲、ETF等金融产业。有人说创投是脏活累活一点也不为过，从读懂商业计划书、企业拜访、产业调研、尽职调查、合同谈判到资金到位，每个环节都对项目的成交造成一定的影响，这些是体力活，也是脑力活。创投不分昼夜、马不停蹄，永远在路上。

投资者是创业家的合作伙伴，好的企业家是投资者的衣食父母，只要创业的故事不停歇，资本故事就不消停。所谓“金钱永不眠”，在逐利的机制中人类文明不断地在发展，科技不断地在进步，国家不断地在强大。

在享受富足社会的同时要饮水思源，是那些伟大的企业家改变了我们的生活，是那些具有远见的投资者催生了伟大的企业家。

“为国争光”则是企业家和投资者共同努力的结果，是大家过去的流泪撒种，才有今日的欢呼收割。

## 2. 年轻人的机会在哪里

我常常听 Z 世代在抱怨：“X 世代创业生逢其时，Y 世代做职业经理人也躬逢其盛，到了我们 Z 世代几乎所有好的机会都被占了，连工作都难找，真是生不逢时啊！”

事情真的是这样子的吗？机会真的是越来越少吗？这两年来股票市场推波助澜，创投行业蓬勃发展，未来五年将迎来创业和投资的黄金时期。机会随着科技的创新和基础建设的日臻完善将只会更多、不会更少。

当然机会只会留给有准备的人，那些因循苟且、墨守成规的人往往只能看到后世的繁荣，平常人看不到的他也洞察不到，所以他永远只能慨叹生不逢时。

有一个人经常出差，有时却买不到座票。可是无论长途、短途，无论车上多拥挤，他总能找到座位。

他的办法其实很简单，就是耐心地一节车厢一节车厢找过去。这个办法听上去似乎并不高明，但却很管用。每次，他都做好了从第一节车厢走到最后一节车厢的准备，可是每次他都用不着走到最后就会发现空位。

他说，这是因为像他这样锲而不舍找座位的乘客实在不多。经常是在他落座的车厢里尚余若干座位，而在其他车厢的过道和车厢接头处，居然人满为患。

他说，大多数乘客轻易就被一两节车厢拥挤的表面现象迷惑了，不大细想在数十次停靠之中，从火车十几个车门上上下下的流动中蕴藏着不少提供座位的机遇。即使想到了，他们也没有那一份寻找的耐心。

眼前一方小小立足之地很容易让大多数人满足，为了一两个座位背负着行囊挤来挤去有些人也觉得麻烦。他们还担心万一找不到座位，反而连个好好站着的地方也失去了。

这与生活中一些安于现状、不思进取、害怕失败的人，永远只能滞留在事业的起点上一样，这些不愿主动找座位的乘客大多只能在上车时最初的落脚之处一直站到下车。

这个故事说明自信、执着、富有远见、勤于实践，会让你握有一张人生之旅的长久座票。如果你只接受最好的，你经常会得到最好的。

就因为我们经常会满足于现状，对于眼界外的事物感到恐惧，不敢冒险尝试，所以我们经常故步自封、画地自限，不去挑战极限。一个职业经理人，他创业的门槛随着他职务的攀升步步增高。但也有“小富即安”的小老板，守着多年积累的百万财富不敢再投入，其生意也禁不起一点风浪。

我从事创业投资最担心遇到胸无大志的创业团队，把我们的投资当成他们合法敛财的手段。反之，那些对上亿元钱财丝毫无非分之想的人才能抵挡住商场上的许多诱惑，笑着走到最后，他们既不怕失败，也不轻言放弃。

那么，年轻人的机会到底在哪里？首先，我认为要衡量自己的兴趣，分析自己的才能，不要随波逐流。大家只看到比尔·盖茨辍学创业成功，却忽略了他在软件设计方面的特长与勤奋不懈。

事实上，微软的成功和这位大半生致力于软件开发的总设计师密不可分，没有他在软件设计上的才能和持久的工作激情就不可能让这家企业领先群雄、历久不衰（马化腾之于腾讯也如出一辙）。只有不断地发挥自己的专长、做自己喜爱的事情，才能永葆热度。一份激情能够点亮整个宇宙，一份激情能够让人废寝忘食、奋力不懈。

其次，要多去了解同行在做什么以及未来市场需要什么。如果你的专长是修灶头，你的就业机会或许会越来越少，但如果全世界会修灶头的人很少，相信你也能够找到不错的商机。

我们也常常看到一些稍稍过时的产品，当全世界都停产时却让一些小企业弥补了空缺而迅速发展起来。别人不要的东西不一定就没有机会，认准了市场的需求，抓住机遇、奋力一搏，一旦站稳脚跟，你就比别人有更多的本钱。

最后，要培养耐性和恒心，这是成功的关键要素。所谓“行百里者半九十”，是最后的十里路在决定成败。在国际金融海啸中有许多企业因为气不够长而倒下，当然也有一些企业逢低吸纳赚得盆满钵满的，例如美国银行并购美林证券。

金融危机下财富重新洗牌的结果是那些拥有恒心的企业胜出，因为这些企业在最后这十里路能持盈保泰、走得最稳健。生命中的每一天都可能是最后那十里路，唯有耐性和恒心能够让我们坚持到底、迈向成功。

市场上的每一分钟都可能是某些人的高潮和某些人的低潮，只有未雨绸缪、严阵以待的人才足以抓住机遇。身为年轻人的你也许正处于低谷，看不到未来，但是你拥有的是翻盘的筹码。相对于那些日薄西山的耄耋老者而言，你拥有更多的希望和梦想；相对于那些已位居高处的人而言，你们的门槛更低，更有机会！

江山代有才人出，一代新人换旧人。不是没有机会，是时候未到。

# 3. 浅说谈判

最近，受邀华夏智库，录制了20集关于谈判的课程，将过去20年来的谈判经验总结做了梳理。其中包括分析谈判双方的强弱态势、确立谈判目标、部署谈判战略、谈判技巧、谈判案例分析及最佳谈判实践等章节。为了准备课件，我参考了20多本谈判类畅销书，挖掘了不少案例，其中令我印象最深的有以下6本：

（1）[丹麦]克尔德·詹森的《高难度谈判》；

（2）[美]斯图尔特·戴蒙德的《沃顿商学院最受欢迎的谈判课》；

（3）[美]罗杰·道森的《绝对成交》和《优势谈判》；

（4）[美]戴尔·卡耐基的《如何赢得友谊及影响他人》；

（5）[瑞士]克劳德·塞利奇的《国际商务谈判》；

（6）[美]罗杰·费希尔、威廉·尤里合著的《谈判力》。

事实上，在生活中谈判是无处不在的，小到家庭中父母对子女、夫妇、婆媳之间的协调沟通，大到国与国之间的战事纷争处理都离不开谈判。能意识到谈判的重要性的人往往能事半功倍，唐·刘禹锡《唐故相国李公集纪》："古所谓一言兴邦者，信哉！"说明了巧妙应对的重要性。

然而，一言不慎也将"祸从口出"，那些商业上的"小事故"恶化成"大危机"往往就是因为藐视对手、应答失礼、进退失据，从而导致无法收拾的局面。

谈判是商战中必经的过程，通常谈判是强者迫使弱者就范的手段，但也有像诸葛亮以三寸之舌敌百万雄兵与蔺相如"完璧归赵"和"渑池之会"以弱敌强的成功案例。外交是不流血的战争，具备良好的斡旋能力，就能在谈判中从对手处探囊取物。

谈判桌上首先要制定谋略、拟定谈判清单，分析了解双方可能接受的方案和可退让的空间（事先沙盘推演），掌握双方的筹码及资源；其次推敲是否能找出对手的软肋及切入点；最后决定要采取“威吓利诱”“示软求和”“硬碰硬”还是“软硬兼施”。

能给出谈判议题的一方往往具有谈判的优势，另一方则需要更多的会议准备，随时应对可能发生的变化。

“Give and Take”是西方人在谈判过程中最常发生的状况，手上没有对方重视的东西很难在谈判桌上讨得便宜。所以在谈判之前一定要给双方预留空间，因为一锤定音的事情往往难以达成共识。

此外，对谈判代表的调查也是非常重要的。有些 CEO 会一面谈判一面收买对方的谈判代表，最后在一些看似无足轻重实则非常关键的问题上取得战果，只留给对方一大堆“鸡肋”。

在跨国企业的谈判中，保密工作是非常重要的，包括下榻的酒店（是否安装了窃听器）、谈判成员背景（是否理解我国语言、习俗）、行程安排、回国时间（谈判期限）、复印拷贝数据、废弃文件、饮食等都要注意，稍有百密一疏就会误事。

例如我会说法语，但是在法国人面前我都会装哑巴，从而在对方窃窃私语时我可以知道他们的底线。还有我通常会将谈判期限故意提前，让对方误以为我必须在预定的时间内达成协议，或是故意让对方以为我不谈了，然后旁敲侧击、引蛇出洞。

所谓“高手过招，点到为止”，对于旗鼓相当的谈判双方，细节往往能决定成败。谈判是 IQ 和 EQ 之间的较量，“气”越长的人越占上风。

谈判要不断察言观色，打群架会比单打独斗容易，有条件的话可以安排一些专业人员以顾问的身份参与。对于听不懂的讨论环节一定不能马虎，最好能配备高端的计算机、通信、视听设备，以便在瞬间获得所需要的信息，也能和大老板实时无缝地沟通应对。

“边打边谈”是谈判的最高境界。过去我也遇到过在谈判会场拍桌子、丢烟灰缸、开骂、恶意退席的情况，这些都被理解为“虚张声势”。试想想如果你的背后有一群荷枪实弹的壮汉怒视着你，你要怎么谈？

代入法也是谈判的谋略之一。所谓“打狗看主人”，后台如果有大集团撑腰，CEO 往往可以狐假虎威一番。事实上，都是“国”字辈的企业并非每一家都有实力，可有人偏偏就吃这一套。有些企业更是打着上头有人的旗号（即使只是担任顾问）愚弄对手，情急之下许多民营企业家还是宁可信其有的。

企业内部也有数不清的谈判，企业家不但要取悦股东、笼络同侪，还要安抚员工，在年关时刻制定经营目标和与员工谈判薪酬也都是些苦差事，而复盘公司经营情况、分析市场、分析局势、晓以大义等都是管理层必备的本领。也有些企业虽然业绩不见上涨，但每年都能忽悠一两个竞争对手，兼并、收购过来年报也能节节攀升，这就是充分利用谈判的力量。

然而，谈判光有谋略是不够的，诚信和履约能力才能最终落实协议，享受谈判成果。一些企业“以忽悠为起点，再以忽悠为终点”，到最后非但没有占到便宜，还惹上官司，得不偿失。所以，对于那些无法允诺的条款，纵使有五把刀子架在脖子上也不能松口，莫为逞一时之快而追悔莫及。

近几年来，中国在国际并购方面的谈判，凭借着巨大的国内市场大多能无往不利。从 TCL 收购汤姆逊电视机和阿尔卡特手机，中海油并购泛美能源，到吉利汽车收购富豪汽车，我们看到了中国企业在国际业务谈判上的渐臻佳境、炉火纯青。

在书店里，有许多谈判类的书籍都在强调双赢，也有个别书籍表示谈判的目的就是赢。我个人以为双赢和单赢取决于谈判的本质，在零和游戏中双赢很难存在，只能靠不断妥协找出折中点，达到利益最大化。幸而，大多数的谈判都不是赢者通吃的，那就可以创造双赢的条件，营造长期合作的空间。

新冠肺炎疫情防控期间，面对错综复杂的国际态势，相信会有更多的外交谈判英雄浮出台面。在此，我们拭目以待。

# 1. 销售，一生都在做的工作

我们在小时候，哭闹是为了喝奶，撒娇是为了玩具，我们天生就会推销自己。而长大以后我们还要继续推销，为的是获得同事、上司、老板的认可。而在做业务时，我们还要推销公司、推销产品、做好客户服务工作，销售是我们一生都在做的工作。

许多孩子从小就知道如何指使阿姨，如何指挥弟妹，他们仿佛从小就在扮演甲方的角色。而现实中，许多甲方也深知如何挑剔下属、刁难供货商，如何享受着财富带来的权力，如果没有甲方，乙方是不存在的，失去了乙方的甲方也得不到该享的福利。世界上不存在永远的甲方和永远的乙方，只有当过乙方才知道当甲方的快乐，反之亦然。

是的，销售看起来是乙方，但是产品一旦卖出去了，销售有可能就变成甲方了。尤其是对做风险投资的我们来说，投资前我们是甲方，投资后我们顿时变成了乙方，就如同租房的房客既是甲方又是乙方，世界上的许多事物都不是一成不变的。

所以我常说，“我们要学会做智慧的乙方”，一个懂得如何做好乙方的人才能做好销售。像是诸葛亮本质上也是乙方，是“三顾茅庐”让他成为智慧的乙方。

日本的高端设备，中国的稀土、半导体则是强势的乙方。一个强势的乙方也并非都能所向披靡，波音最近的财务危机就是一个例子。过硬的产品并非就不需要销售了，缺乏销售手段的优质企业就像是拿着金饭碗要饭，客户会以为遇到了骗子。

从事风险投资的我们也需要在担任甲方时就提前和交易对手确定自己“智慧乙方”的地位，以免在形势转变时懊悔莫及。通常我们会在投资协议中和被投企业约定许多条款，确保我们的知情权、决策权、分红权、共售权和清算权。

我的第一份工作是销售散热风扇（日本NMB），我把所有的电源供应器厂家都跑了一遍，一年就将公司业绩翻了6倍。我靠勤奋和过硬的产品，把中间商都抛开，厂家都愿意直接和工厂拿货，我也就借势而上。

旅居欧洲时我也从底层的销售开始做起，人生地不熟的我从一本参展名录开始，靠打陌生电话将计算机配件卖给当地的批发商和进口商。一年之间市场份额从零达到30%，三年之后达到50%左右，这靠的也是勤劳和“做好智慧乙方”的哲学。

当时，我深度参与了客户的生活，除了八卦之外也带给他们竞争对手的信息，我成为他们的“包打听”。每一次交流既是我取得情报的来源，也是他们获得情报的机会。

“信任”就建立在对彼此的依存上，我也从不吝于降价，只要母公司调价，三天之内所有的客户都会知道，已经下单未出货的也比照新的价格办理（价格保护），这就是所谓的“童叟无欺”。

已故的“经营之神”王永庆在销售上更有一套。他年轻时开米铺，同一条街开了十多家米店却只有他赚钱。因为他每次都会主动给客户送米，到客户家中会打听家里有几口人，米缸有多大，经过测算后得出客户买米的周期。

每次他都能在客户买米之前，主动把米送过去，并且给老客户发打折卡，他的竞争对手只知道他的牌价，却不知道实际售价。后来他通过卖米的通路增加产品种类，积攒了第一桶金，开启了他宏大的企业版图。

许多伟大的企业家也都是从干销售开始的，京东刘强东曾经在中关村卖计算机配件，模式创新后成为电商巨擘。销售能让企业家更了解客户的需求、看清市场的变化，从而他们能善待员工、股东和客户。

销售的属性是设身处地为客户着想，不断地让利，甚至“义大于利”。

成功的销售员天生就是靠“给予”来积累财富的，他们不怕施舍，也不怕吃亏，他们勇于负责、敢于担当。

然而，销售过程的辛酸在签单的那一瞬间就化为乌有。有朝一日他们成了甲方，也不会刁难乙方，因为他们的血液里没有甲方的基因，他们也都成为“智慧的甲方”。

看起来销售可大可小，小到卖一个手机贴膜，大到卖一座楼、一架火箭，成交都不会太容易。但“建立信任”是销售的前提，而同理心和幽默感则是建立信任的基础。成功的销售往往必须具备三大能力：语言的能力、匹配资源的能力以及学习的能力。

语言的能力不是巧言令色、浮夸不实，而是能通过言语来了解需求、因势利导、关怀客户、引起共鸣，再辅以幽默的语气和坦诚的表述，最终达到双赢、可持续合作的境界。

匹配资源的能力则需要凭借个人的社会资源来创造“客户为王”的价值链条，最佳销售员不但能解决客户的痛点，还要能创造需求、满足需求。那些冠军保险业务员为客户预约名医、替客户孩子申请名校、为客户找到一张国庆晚宴的入场券，他们对客户几乎有求必应，这种人一定会成功。

也许很多人不具备语言能力和匹配资源的能力，因此虚心学习就变得非常重要。能深入调研市场变化，用心了解客户需求，并提出各种创新的销售战略也能轻易颠覆市场、创造业绩。

学习能力是创新的根源，也是建立市场区隔的驱动力。王永庆不需具备伶俐的口才和丰富的社会资源，他靠的是细心观察和思考，最终以战略和实践取胜。

当然，跟对企业和领导也很重要。所谓名师出高徒，跟对人除了起点高之外，也能避免走弯路。社会上最富有的那群销售人员往往在销售职位上一干就是 20 年、30 年，甚至一辈子。

那些人在我们的心目中形象早已固化。我仍然记得我第一次购房、第一次买保险时的经纪人，有时我们还会寒暄几句，20 多年来他们仍然坚守岗位，虽然他们已家财万贯，甚至子承父业。

优质的服务和好的产品同等重要，既然有了好的产品，只要细细经营总会有成功的一天。有句谚语：“戏台下站久了就是你的。”销售无他，只要对你的客户好，坚持不懈地努力加上不断地学习，资源会慢慢积累的，到时候你已不需要华丽的语言和得体的表达能力，在客户满意度面前语言显得多余。

我朋友一天能卖出三部豪车，他主要的时间都用于聆听客户，他的客户也几乎不需要他开口，只需要他点头。

我们要善待那些销售人员，是他们的努力推动了经济的发展，也是他们让我们的生活变得更加美好。

# 5. 办公室与能量

在我刚离开校门、步入社会、进入职场时，曾先后去30多家企业面试，最后选定的是环境舒适、地段最佳的日商公司，因为宜人的办公环境给员工带来的是舒畅的心情、自由的氛围和高效的协作。所谓“钱多、事少、离家近”的“近”指的就是办公室的舒适和便利性，如果公司男女平衡、弹性上班那就更好了。

从美商、日商、法商到国内的商人，我先后进过不同属性的企业，其办公室也风格迥异。有些公司标榜“最佳的风景是人”，有些公司恢宏大气，有些公司金碧辉煌、雕梁画栋，而有些公司则处于优雅园林、别墅会所中，或隐在胡同深巷、府邸洞天中，令访客有“柳暗花明又一村”之感。

少数互联网企业标榜人性化办公，办公室中超现代化的桌椅摆设、舒适的空间容易激发科技潮人创新的灵感。而有的跨国大企业还设有托儿所、健身房、按摩室、图书馆、休憩角和茶叶、零食取之不竭的零食柜及茶水间。

美商则非常讲究宏伟，经常整栋大楼都由一家企业拥有（总部经济），从飞机上就可以看到楼顶高耸的金字招牌。总裁办公室通常位居顶楼，有专属的电梯及独立的保安，能够居高临下地欣赏街景。高管则坐镇于每一楼层，拥有敞亮的办公室、会议室。这样的环境为的就是能吸引青年才俊、俏丽佳人来工作，所谓“栽下梧桐树，引得金凤凰”，这也难怪北京的帅哥、美女一般集中在国贸周边的豪华写字楼，即使年收入少几万元也没关系。

英法企业比较讲究人文历史，老板和员工的距离比较近，工会权力比较大。因此法国的企业总部大多不太起眼，和它们的五星级酒店一样，更在乎的是谁住过，而不是建筑、内饰有多豪华。

比如1893年由爱迪生创立的法国汤姆逊公司从电灯开始做起，迄今成为全球四大消费电子类生产商之一。这家百年老店的总部就非常低调，体现了科技感和历史感，没有美国谷歌、微软或是脸书般张扬的排场。

虽然如此，他们的CEO也经常出入法国总统府、在卢浮宫举办慈善拍卖会、在戛纳影展顶级会所招待代理商以及在皇家马德里足球俱乐部接待各国政要。企业的内涵在于社会参与度与品牌影响力，亚洲的企业家“富”虽有过之，“贵”仍难望其项背。

随着都市的不断发展，摩天大楼也一个比一个高。纽约曼哈顿岛是世界金融中心，其摩天建筑比邻而建，整座岛用“都市丛林”来形容也不为过。本地的上班族步伐飞快，一如他们快速的工作节奏和生活步调（机会成本高）。

基于生意需要，他们也经常穿梭于华盛顿、费城、芝加哥、洛杉矶、旧金山等大楼林立的城市之间，从东海岸飞到西海岸需要6个小时（和北京飞新加坡一样），一栋高楼和另一栋高楼的差别似乎只有电梯的品牌和招牌的颜色而已。

近几年来中国一线城市的顶级办公大楼比起纽约、东京、伦敦、巴黎的办公大楼而言毫不逊色，比如北京的中国尊、华贸、英蓝大厦、国贸，上海的上海中心、环球金融中心、嘉里中心以及深圳的平安国际金融大厦、京基金融中心和中国华润大厦等，这些大楼鳞次栉比、各有特色。

此外，天津、重庆、杭州、广州及成都的CBD也都大楼林立、不遑多让，地方政府各显神通吸引了世界500强企业入驻，提升了城市实力，也培育了本土国际化人才。

国人喜欢超高层办公大楼，高耸入云的楼宇的确让人有飘飘然的感觉。大楼里吃喝玩乐应有尽有，屋顶游泳池和天际线合而为一，对那些乐居于合院豪墅的人而言，是感受不到这种登高一呼、居高临下的壮志豪情的。

北京的某些顶级豪宅，甚至把四合院建在高耸入云的楼顶平台上，颇有近水楼台先得月的凌风翔云之感。

俄罗斯红场和法国的爱丽舍宫也都非常典雅，特色的建筑及宽敞的广场体现出大国风范。

英国的白金汉宫金碧辉煌、庄严华丽、举世无双。其皇家园林更多达11处，包括桑德林汉姆庄园、海格罗夫、汉普顿宫、温莎大公园、约克郡的哈洛卡尔花园等，园林中的琼楼、府邸都豪奢无比、绮丽非凡，成为达官贵人、富商、名媛社交往来之首选。

韩国很多集团的总部恢宏大气、摩登华丽，显示着企业家族高贵的身份和荣耀。上次我参观LG电子集团总部时有幸和CEO具本俊先生在其总部花园千亩露天草坪用餐，绿意盎然的草坪上灯火辉煌、喷泉飞舞，伴着抑扬顿挫的弦乐，我们在迷人的夜色中觥筹交错，几十亿的订单顷刻成交。

三星集团的总部也不遑多让，豪华停机坪上私人飞机穿梭于全球各地的工厂和分公司。听说青岛海尔公司也经常邀请贵客搭乘直升机往返于总部与工厂之间（都在青岛），让国外的买家体验到企业雄厚的实力。

新冠肺炎疫情防控期间，我们被迫在家办公，通过音信视频工具，我们千里咫尺，不耽误工作，也节省了不少路上的出行时间。也许元宇宙的虚拟办公场景会提前到来，改变办公室的概念，甚至改变雇主、劳工的概念。

有人预测未来的职场生态中每个人既是雇主，也是员工。3D打印的普及让个性化创新成为可能，我们不再需要每天在固定的办公室里打卡，各种办公APP成为新的职场。

他们预言那些豪华的摩天大楼将逐渐走入历史，纪念着当代“商业革命”的百年历史，如同我们纪念“工业革命”一般。

埃隆·马斯克致力于推动火星移民的可能性，也许有一天跨星球的通信将成为潮流，可以预见的是火星上将不再需要摩天大楼，一幢幢悬浮在空中的私密空间及虚拟庄园成为新的办公场所。

也许，这个场景不会发生在火星，而是百年后的地球。

# 6. 任事与谋略

常常有创投基金所投资的企业家问我："CEO最需要具备的素质是什么？"我的标准回答是"执行力"。

是的，一个优秀的CEO必须贯彻董事会的战略意图，完成企业的预定目标。执行力就是把企业战略规划转化为可执行的方案，按部就班，在规定时间内实现目标效益。

然而，缺乏好的战略规划，CEO纵有强大的执行力也难以达成目标。所以董事会的强弱直接影响到公司的成败，正如如果拜登总统的战略是错的，其国务卿布林肯也很难有所表现。

反之，正是因为乔布斯事先为苹果制定了未来的企业发展战略，库克只要能按照既定方向如期开发出新产品，其企业的股价仍能继续飙涨。苹果如此，微软如此，谷歌也是如此。

因此，任事与谋略实为企业之两种成功要素也！

谋划之才贵在其变，料人之不能料、测人之未可测，慧眼卓识而叛逆常规，方得有奇略长策。

任事之才则贵在平实，不弃琐细、不严繁巨，不羡奇诡、不越常理，方能圆通处事、化解纠葛，使上下同心而成事。

一个成功的企业既需要善于谋划之长才，也需要勇于任事之干才。两者相互依存、缺一不可。

董事会犹如企业之头脑，要在企业的核心竞争力之上发现价值、配置资源、创造价值，要为企业制定可持续发展的战略和阶段性目标，从一片红海中去发掘蓝海，同时给予经营团队合理的资源分配。

健全的董事会除了企业主要股东之外，还会敦聘一些具有高瞻远瞩的顾问专家、战略投资人或独立董事。所谓旁观者清，一个优秀的董事会能够集思广益、摆脱市场诱惑、避免短视近利，还能够客观地为企业挑选适合的执行团队，包括 CEO 及其左膀右臂。

CEO 好比企业之躯体，整体器官各司其职，团队既分工又合作，在董事会的战略指导下精确无误地完成使命。所有循环系统都必须按照固定的心跳节奏而运行，每个系统也必须按照既定的范围而供需。

如果 CEO 不能遵循董事会的战略规划而为，纵使侥幸能够超额完成利润也难以为继。

那么，对一个集董事长和总裁于一身的企业而言，要如何兼顾“任事与谋略”呢？在中国，几乎所有的民营企业都存在这种现象，董事会的职能在强大的董事长阴影之下难以发挥功效，CEO 在老板事必躬亲的做事风格之下又无法放手一搏。最后导致揣测上意、朝令夕改，计划赶不上变化，企业就在战略、战术不断的调整中丧失了先机。

成功的民营企业家通常都会有一群顾问和智囊，或是设置企业战略部门，制定短期、中期、长期的战略发展方针。这样他能礼贤下士、知人善任，在每个岗位上延揽专业人才，作为执行团队。

当然，执行力的高低最终还取决于制度与授权。所谓将在外君命有所不受，我们很难想象一个签不了销售合同的销售主管，或是一个说话唯唯诺诺的 CEO 能够为企业开疆辟土、挑起大梁。

其实，如果条件允许，我还是建议民营企业老板能招募具有强大执行力的 CEO，自己则多关注企业的发展战略和核心要务。智囊团虽好，毕竟“站着说话不腰疼”，而那些所谓的独立董事说走就走，企业倒闭和他们没有任何关系，甚至有些人还居心叵测、唯私利是图。

身负重任的“掌柜”也要时刻牢记，老板是找你来操盘的，不是来指手画脚的。我们不怕任事的人太多，却怕谋略的人不少。一艘船只需一个舵，如果方向常常改变，弯路走多了企业还能获利吗？

回想起来，一个企业的倒闭往往是董事长长期在做总经理的工作，或是总经理长期在做董事长的工作，最终导致公司上下目标紊乱、权责不明。任事与谋略是治国、经商不可或缺的重要环节，两者相辅相成、缺一不可。

# 7. 名利和骨头

骨头之于狗有如名利之于人，人不会和狗抢骨头如同佛不会与人争名利。人需要骨头是为了讨好狗，佛需要钱则是为了普度众生。

《易经·系辞上传》有言：“天尊地卑，乾坤定矣。卑高以陈，贵贱位矣。”每个人的起点虽然不同，人生的境界却可因自我的定位而跨越。那些汲汲于名利的人，其目光永远离不开现实的一切，他们对周遭的人皆以功利相度，嘴上说的往往和心里想的相距甚远。于是乎日子久了大家都起了戒心，“物以类聚，人以群分”，他们虽然活得飘飘然却始终感受不到真心，也体会不到灵魂之美。

对那些热爱生命的人而言，他们对物质的追求不高，对自我价值的实现却非常执着。他们善于利用物质来感化他人，以无私精神来唤起社会公德，他们悲天悯人，希望以有限的生命来帮助众生脱离苦难。他们活着不是为了满足一身皮囊之欲望，而是去赋予这身皮囊丰富之内在价值。

也许我只是一介凡夫俗子，缺乏圣贤之志，也摆脱不了旁人的评价和影响。我们的前半生需要还债（小我），需要去建立和身边的人相匹配的物质条件。但是我们的后半生可以去追求创造（大我），就算是前半生没有达到自己满意的境界也不必自缚于物质的一切。

人生的境界是可以选择的，虽然我们无法改变世界，依然可以活得精彩。我们要以有限之年去感受这个世界的至美与大爱，以有限之力去教化他人，即使杯水车薪也能绽放出该有的光芒。

初学跳伞的人最困难的当属离开舱门的瞬间，一旦跨越这一步就能克服心理的障碍，获得和天空融为一体的快意。人生也是如此，要达到更高的境界只有靠自己不断地修炼和实践，毕竟旁人说得再生动也无法描述真实感受于万一，就像看了数十次《碟中谍4》也很难领略站在迪拜塔顶端的刺激和畅快。

国人喜欢故步自封，千年封建思想让大家普遍缺乏开放的胸襟，也习惯于在夹缝中求生存，看到同窗、同侪飞黄腾达便心生妒忌，恨不得自己也能弯道超车。于是乎，某些教授靠抄袭沽名钓誉，有些企业家则模仿他人，试图靠“搭便车”一蹴而就，有甚者更是通过巧立名目、巧取豪夺来获取名利，为达目的不择手段。

因此，当下有无数个打着“共享单车”“锤子手机”“普惠金融”“网红直播”等亮丽招牌的企业终究经不起市场的考验而迅速陨落，许多金主也血本无归。那种“迅速致富”的短视既害苦了企业家，也害惨了无知的投资人，事后却总是好了伤疤忘了疼，相同的故事总在不断地重演。

反观那些欧美企业家，他们处于优渥环境却不炫富，真实、简单的生活方式让他们显得优雅自在。他们也许会瞧不起粗鲁、无礼的人，却不会嫌弃贫穷的流浪汉，他们会欣赏那些出身低贱却能奋斗不懈的人。

基于开放的思维，西方人甚少会挤在一个狭小行业中同室操戈，而是立足于产业链的不同环节上合作无间。在巴黎我们鲜少看到加油站的旁边开了加油站，更可能的是充电桩和汽车维修站，这样既为客户提供了方便，也减少了同质化的竞争，皆大欢喜。

对欲望无穷尽的追求逐渐让人迷失了真我，很多人不知道自己真正想要的是什么。事实上，大家为了维护所拥有的一切也都付出了太多的时间和精力。

既然我们吃的、穿的、住的、用的都是有限的，为何还要永无止境地追求物欲呢？是贪婪还是虚荣？

那些贪官将亿万现金藏于地窖中或墙壁里，对他们而言财富只是一种虚荣、满足感，看得到用不到。可他们堆积财富的方式或造成许多屋子被强拆后孤苦无依的饿殍流落街头，或使黄、赌、毒、邪泛滥造成对广大年轻人的危害，或对黑心工厂的包庇、纵容造成千年环境的污染。百年之后他们会为这样的成功感到心安吗？他们的名利最终能带给他们幸福吗？

多余的名利就像是无用的骨头，看似风光却一无是处，甚至在东窗事发时还会成为罪证，使他们悔不当初。

也许我们曾经追随众人盲目地去追求名利，曾经以为物质的满足就是一切。如果我们放慢脚步，会发现有许多人活得更加自在，他们的人生已经超凡脱俗，其人生境界无比崇高，当我们还沦落在“生老病死”的轮回中时，他们却有余力普度众生。

俗话说，花出去的钱才是属于自己的。这说明财富是抓不住的，大多时候，给予才能获得内心真正的快乐，对父母如此，对孩子如此，对那些需要你帮忙的人更是如此。

只要懂得赞扬和施舍，名利和骨头都会变成皆大欢喜的工具。